AF223148

Der Weihnachtsgruß

Bibliografische Information der Deutschen Nationalbibliothek:
Die Deutsche Nationalbibliothek verzeichnet diese Publikation
in der Deutschen Nationalbibliografie; detaillierte bibliografische
Daten sind im Internet über http: // dnb.d-nb.de abrufbar.


© 2007 Marion Wagner
Herstellung und Verlag: Books on Demand GmbH, Norderstedt
ISBN 978-3-8334-8759-0

Marion Wagner

# Der Weihnachtsgruß

# Frühjahr 2000

Es war an einem Sonnabend Ende Februar und Susanne erhielt einen verspäteten Weihnachtsgruß. An einen Scherz glaubte sie nicht so recht, denn der Brief war ordnungsgemäß am 23. Dezember des Vorjahres abgestempelt. Da aber die Postleitzahl und der Bestimmungsort überhaupt nicht zusammenpassten, hatte er offensichtlich schon einen längeren Weg hinter sich, und sein Äußeres vermittelte ihr den Eindruck, als sei er schon das ganze letzte Jahr auf der Suche nach ihr. Wohl nur dem Pflichtbewusstsein eines Postboten war es zu verdanken, dass er letztendlich doch noch den Weg zu Susanne Gutmann-Helmbrecht gefunden hatte. Der Brief hatte keinen Absender und auch die Handschrift war ihr gänzlich unbekannt, was sie nun doch sehr neugierig machte. Ungeduldig riss sie den Umschlag auf und beförderte sein Innenleben heraus. Man(n) oder Frau wünschte ihr und ihrer Familie ein frohes und gesegnetes Weihnachtsfest und ein gesundes neues Jahr, ein PS-Zusatz lautete: alles Weitere nach den Feiertagen. Nun, die Feiertage waren schon lange vorbei, aber sie hatte bis jetzt keine weitere Post bekommen. Allmählich schlug die Neugier, was sich wohl hinter all diesem verbarg, in Ärger um, selbst die Unterschrift erschien absichtlich unleserlich. Der Brief wanderte von einem Platz zum anderen und schließlich im Müll. Aber wie so oft im Leben bleiben gerade diese Dinge, die man möglichst schnell vergessen will, hartnäckig wie kleine Stacheln in unserem Bewusstsein. So auch die Gedanken, die immer wieder um diese geheimnisvolle Person kreisten. Susanne versuchte einfach, damit abzuschließen, indem sie sich einredete, dass es sich um eine Bekannte ihrer kürzlich verstorbenen Mutter handelte, die erst jetzt von deren Tod erfahren hatte. Als sie am nächsten Tag den Briefkasten leerte, lag er dort, dieser Brief mit der Handschrift, die sie nicht kannte, aber auch nicht vergessen hatte. Sie trug ihn ins Haus, als sei er zerbrechlich, und legte ihn erst einmal auf den Wohnzimmertisch mit einem Gefühl, als würde er sie anstarren.

# Frühjahr 1944

In Hainfeld wehrte sich der letzte schmutzige Schnee gegen die immer stärker werdenden Sonnenstrahlen, und die letzten verbliebenen Arbeitskräfte bereiteten die Weinberge so gut es ging auf den neuen Jahrgang vor. Ich hatte heute mit meiner mündlichen Prüfung meine Berufsausbildung im „Kaufmännischen" abgeschlossen und radelte nun mit meiner „Was kostet die Welt"-Stimmung nach Hause. Was das Zeug hielt, im wahrsten Sinne des Wortes, denn Ersatzteile für Fahrräder gab es schon lange nicht mehr. Der Krieg hatte unser kleines beschauliches Hainfeld und somit auch das Haushaltswarengeschäft für sämtliche Gebrauchsartikel des täglichen Lebens mit einbezogen. Bis auf diese Sanktionen ahnten wir in unserer Familie jedoch kaum etwas von der Bedrohung, welche allmählich die ganze Welt zu erfassen schien. In unserem Dorf fehlten einige Männer, und von einigen wussten wir inzwischen, dass sie auch nie mehr zurückkehren würden. Mein Vater wurde bis jetzt verschont, da er mit einer erblichen Herzschwäche behaftet war, was uns nicht freute, aber so blieb er jedenfalls bei uns. Als ich den elterlichen Betrieb erreichte, landete mein Fahrrad etwas unsanft an der Hecke unseres Innenhofes und ich stürmte durch die windschiefe Hintertür in unsere große gemütliche Küche, wo mir schon der Duft meiner geliebten Maultaschen entgegenströmte. „Edda, bis du es?", rief meine Mutter vom Herd her, ohne sich umzudrehen. „Ja", antwortete ich, „ich hab ..." „Du, gleich nach dem Essen musst du mit in den Berg, es fehlen schon wieder zwei Arbeitskräfte", kam sie mir zuvor. „Ach, und auf dem Küchentisch liegt ein Brief für dich!" Sie hatte es wieder einmal geschafft, mir alle Freude zu nehmen, indem sie einfach nicht zuhörte. Ich versuchte auch gar nicht, meinen Satz zu vollenden, sondern suchte den Brief. Dort lag er, versehen mit Hakenkreuz und Reichsadler und dazu noch aus unserer Reichshauptstadt Berlin, was in dieser Zeit wohl nichts Gutes zu bedeuten hatte.

Ich bekam ein mulmiges Gefühl beim Öffnen, rasch überflog ich den kurz gehaltenen Text:

*Montag 8.15 Uhr Marktplatz – Funkerausbildung Swinemünde, persönliche Sachen ...*

meine Knie wurden weich und ich musste mich setzen.

Meiner Mutter war nun wohl doch die bedrohliche Stille aufgefallen und sie drehte sich zu mir herum mit den Worten: „Was ist Kind, was steht da, nun sag schon!" In diesem Moment kamen mein Vater, meine Schwester Caro und unsere beiden französischen Arbeitskräfte Jerome und Jean zur Tür herein. Mein Vater blickte erst mich an, dann den Brief, als meine Mutter erneut begann: „Robert, Edda hat einen Brief aus Berlin, lies du ihn bitte vor, deine Tochter ist offensichtlich nicht dazu in der Lage." Wortlos übergab ich meinem Vater das Schreiben, und als er es gelesen hatte, ging er zum Küchenschrank und schenkte sich einen Doppelten von seiner „Medizin" ein. Nun wurde aber auch meine Schwester ungeduldig und wollte das Geheimnis gelüftet haben, was sie unmissverständlich zum Ausdruck brachte: „Was soll diese Geheimniskrämerei?" Unsere beiden Franzosen setzten sich fast lautlos an den Tisch, sie merkten wohl, es war nicht wie sonst. Sie waren zwei Kriegsgefangene und uns zwangsweise zugeteilt, wie es in dieser Zeit vielerorts üblich war. In unserem Haus erfuhren sie Rücksicht und Achtung, was wiederum nicht immer üblich war, und sie dankten es uns mit Aufrichtigkeit und unermüdlichem Einsatz. Somit entstand im Laufe der Monate ein freundschaftliches Verhältnis, von dem wir schließlich alle profitierten.

Vater hatte sich wieder gefasst und brach die Stille: „Edda muss fort, sie muss nach Swinemünde zur Funkerausbildung." Kaum hatte mein Vater geendet, als Caros schnippischer Kommentar folgte: „Na, das ist ja wieder einmal typisch, und ich versauere hier in diesem Kaff." Da meine Eltern im Gegensatz zu mir keine Widerworte von Caro gewohnt waren, blickten sie nun ziemlich erschrocken zu ihr hinüber. Sie unterstrich es noch mit: „Na, ist doch wahr." Von ihr als Erstgeborene und Stammhalterersatz wurde erwartet, dass sie das kleine Weingut einmal übernehmen würde, möglichst noch mit einem geeigneten Ehemann, das war ein ungeschriebenes Gesetz.

Ich dachte nur, Swinemünde, wo liegt denn das eigentlich, denn länger als zwei Tage und weiter als 10 Kilometer in den Nachbarort war ich noch nie von meinem Elternhaus weg gewesen. Mir war doch etwas der Appetit vergangen und selbst ein spontaner Spruch wollte mir nicht so recht gelingen, sodass ich mich entschuldigte und hinauf in das Zimmer eilte, welches Caro und ich uns teilten. Ich stand am Fenster und schaute gedankenverloren in unsere angrenzenden Weinberge, für die ich genau genommen nie sehr viel übrig hatte. Es lag aber sicherlich an der harten Arbeit, die damit verbunden war. Und meine Schwester?

Das Verhältnis war nie besonders gut gewesen, eher schlecht, und manchmal hasste ich sie für ihre Gemeinheiten. Aber nun sollte ich von all diesem Abschied nehmen. Man hatte diese Entscheidung einfach über meinen Kopf hinweg getroffen und eine Alternative gab es nicht, es war Krieg. Ich beschloss, diese neue Richtung meines Lebensweges anzunehmen, denn mir hatte diese Einstellung immer geholfen, wenn es auch bislang nicht um solch großartige Einschnitte gegangen war. Meine Gelassenheit kehrte zurück, und mit ihr auch mein Appetit, sodass ich beschloss, zu den anderen an den Mittagstisch zurückzukehren. Beim Öffnen der Tür blickten mich alle erwartungsvoll an, als käme ich von einem anderen Stern. Ich setzte mich auf meinen Platz, füllte meinen Teller und meinte ganz beiläufig: „Übrigens, ich habe mit ‚sehr gut' abgeschlossen." „Oh Gott, oh Gott, das habe ich in der Aufregung gang vergessen", entschuldigte sich meine Mutter. Caro rang sich nur ein „Meinen Glückwunsch" ab, aber Vater, der neben mir saß, nahm mich in seine großen beschützenden Arme und drückte mich ganz fest. „Meine liebe Edda", begann er feierlich, „ich bin mächtig stolz auf dich. Wenn du wieder bei uns bist, und allzu lange kann es wohl nicht mehr dauern, wirst du das, was du gelernt hast, hier in unseren Betrieb einbringen, nicht wahr?" Insgeheim wünschte sich Vater wohl, dass wir Schwestern uns arrangieren würden. Instinktiv schaute ich nicht meinen Vater an, sondern meine Schwester, und diese schleuderte mir einen vernichtenden Blick entgegen, der es mir verbot, eine Antwort auch nur in Erwägung zu ziehen. „Aber nun iss erst mal", schloss er, „darüber reden wir, wenn du zurück bist."

Unsere beiden Franzosen wussten nicht so recht, was vor sich ging, da sich ihre Sprachkenntnisse nur auf das Nötigste begrenzten, und sie zogen es vor, stumm auf ihre Teller zu blicken und weiterzuessen. Als wir alle satt waren, fragte ich: „Was meint ihr, werden wohl noch mehr aus unserem Dorf dorthin müssen?" Ich dachte dabei an meine Busenfreundin Charlotte, von allen immer nur Charly genannt. „Ich werde gleich nach dem Essen zu Charly fahren und von der Neuigkeit berichten." „Edda", der Befehlston meiner Mutter ertönte, „ich hatte dich gebeten, mit in den Berg zu fahren, hast du das schon wieder vergessen?" Als meine Schwester gerade den Mund öffnete, um unserer Mutter beizupflichten, ergriff Vater das Wort: „Nu lasst mal gut sein, jetzt hat sie den Kopf voll mit anderen Dingen, und wenn sie am Montag fahren muss, hat sie bestimmt noch einige Dinge zu erledigen. Fahr nur zu deiner Charly, vielleicht habt ihr Glück und Charly hat den gleichen Marschbefehl erhalten wie du." Damit sollte er recht behalten. Meine allerliebste Charly hatte auch einen Brief bekommen mit dem gleichen Inhalt. Nur die Situation bei ihr daheim war unglücklicher, denn ihr Vater galt seit 6 Monaten als vermisst und die Mutter war in Tränen aufgelöst, da sie nun mit den beiden jüngsten Kindern allein zurückbleiben musste. Unsere Freude, dass wir beide zusammenbleiben konnten, hielt sich somit vorerst in Grenzen. Als wir später allein in ihrem Zimmer waren, umarmten wir uns, tanzten aufgeregt und wild und ließen uns dann erschöpft auf dem Fußboden nieder. Wir waren sicher, auf uns würden jede Menge Abenteuer warten, und über die Gefahren wollten wir uns dann Gedanken machen, wenn es erforderlich war. Als es allmählich dunkel wurde und es Zeit war, heimzuradeln, verabschiedete ich mich bei Charlys Mutter mit dem Versprechen, auf uns aufpassen. Sicherlich würde sowieso alles bald vorbei sein.

Das Wochenende verlief bei uns auch nicht ganz so wie sonst, eine etwas beklemmende Atmosphäre hatte sich eingeschlichen. Selbst meine Schwester hielt sich zurück und bemühte sich um einen gemäßigten Ton. Richtig traurig erschien mir nur mein Vater, was er jedoch mit allergrößter Anstrengung zu verbergen versuchte. Ich bemühte mich, ihm den Abschied zu erleichtern und versuchte, besonders fröhlich und ausgelassen zu sein. Wir merkten wahrscheinlich beide, dass wir uns etwas vormachten. Lediglich meine Mutter interpretierte mal wieder etwas völlig Absurdes in diese Situation und machte nichts als peinliche Bemerkungen.

In der Nacht von Sonntag auf Montag schlief ich nicht allzu gut und so beschloss ich, mir aus der Küche ein Glas Milch zu holen. Dort saß mein Vater am Küchentisch mit dem Brief in der Hand und weinte. Wir erschreckten uns beide, ich hatte meinen Vater noch nie zuvor weinen sehen. Vor Verlegenheit stand er auf, nahm mich in die Arme und sagte: „Wir sind immer für dich da, und wenn du Kummer hast, dann schreibe es mir, ich komme sofort." „Danke, Vater, daran werde ich immer denken", krächzte ich vor Rührung. Zwischen uns existierte eine große Liebe und eine sehr starke Bindung, etwas, das ich bei meiner Mutter vermisste. Manchmal hatte ich das Gefühl, dass sie darauf eifersüchtig war, weil sie so ganz anders war als Vater. Was immer sie auch für eine Ehe führten, ich hatte keinen Einblick, sie schienen sich nie zu streiten, aber auch zärtliche Gesten oder Worte gab es nicht.

In der Aufregung war mir entfallen, warum ich überhaupt heruntergekommen war, und um die Situation zu retten, stürmte ich unverrichteter Dinge wieder hinauf in unser Zimmer. Dort hatte Caro ihre Nachttischlampe angeschaltet und erwartete mich sitzend in ihrem Bett. „Edda, ich beneide dich", empfing sie mich, „ich würde gerne mit dir tauschen." Doch auch milde Töne bargen bei ihr immer eine gewisse Gefahr, das hatte ich gelernt. Ich meinte daraufhin: „Bleib du mal schön hier, dann kannst du schalten und walten, wie du möchtest." „Woher weißt du denn so genau, was ich möchte, hm", kam es in einem weinerlichen Ton aus ihrer Ecke, „nur weil ich immer alles tue, was Mama und Papa wollen, glaubst du das wirklich?" Sie hatte es tatsächlich geschafft, dass ich wieder einmal für einen kurzen Moment zweifelte, aber dann sagte ich: „Ja, Caro, ich weiß es."

Ich traute ihr nicht, zu viel hatte sie mir angetan. Hinterhältig und gemein, immer nur auf ihren Vorteil bedacht, sie hatte noch nie auf die Gefühle anderer Rücksicht genommen. Selbst in diesen letzten Stunden in meinem Elternhaus hatte ich kein Interesse mehr, mit ihr über ihre Wünsche und Gefühle zu sprechen. Morgen, oder besser gesagt heute, war mein Abreisetag und ich wollte wenigstens noch ein wenig in meinem Bett schlafen, vielleicht würden wir uns nach einer längeren Trennunng wieder besser verstehen.

Als meine Mutter mich um 6.30 Uhr am Montagmorgen weckte, hatte ich das Gefühl, als hätte ich mich gerade erst hingelegt. Ich sprang aber sofort aus meinem Bett, nachdem ich festgestellt hatte, dass es kein Traum war, was mein bisheriges ruhiges und sorgenfreies Leben gehörig ins Wanken gebracht, aber schon vollkommen Besitz von mir ergriffen hatte. Meine Eltern saßen bereits fertig angezogen am Küchentisch und erwarteten mich. Mutter konnte sich nicht verkneifen zu sagen: „Und dass du dich anständig benimmst, du weißt schon, wie ich das meine. In diesen Häfen sind doch bestimmt viele Soldaten, nicht Rudolf, sag du doch mal was!" Bei der Antwort blickte er nicht meine Mutter, sondern mich an: „Edda und ich haben alles besprochen, was wichtig ist, nicht wahr, mein Kind?" Als ich in seine warmherzigen Augen schaute, empfand ich unendliche Liebe, Geborgenheit und Vertrauen, ich würde alles tief in meinem Herzen verwahren und daraus Kraft schöpfen, wie ich es in meiner ganzen Kindheit gehalten hatte. Was waren dagegen die herzlosen und vollkommen überflüssigen Bemerkungen meiner Mutter. Überraschenderweise kam meine Schwester doch noch schlaftrunken in die Küche geschlurft, um sich von mir zu verabschieden. Sie ließ sich dazu herab und drückte mich, als wenn ihr der Abschied doch nicht ganz so leicht fiele.

Dann starteten wir mit unserem kleinen Pferdefuhrwerk Richtung Marktplatz, nachdem ich mich auch von unseren beiden treuen Franzosen verabschiedet hatte. Als wir den Marktplatz mit seinen kleinen rotbraunen aneinandergereihten Stadthäusern erreichten, stand dort schon eine aufgeregte Menschenmenge. Meine Freundin Charly mit Mutter und Geschwistern, sowie einige andere aus dem Nachbarort, die wir jedoch nur vom Sehen kannten. Wir sollten mit einem Soldatentransport per LKW nach Swinemünde befördert werden, da die Züge nicht mehr zuverlässig und auch nicht sicher waren. Der Abschied verlief kurz und schmerzlos, da die Zeit drängte, denn wir hatten etliche Stunden Fahrt vor uns. Es waren alles junge Menschen und es dauerte nicht lange, bis die anfängliche Scheu verschwand. Da wir alle ausnahmslos von zu Hause kamen, hatte jeder genügend Proviant mit im Gepäck, und wir fingen kleine Tauschgeschäfte an, was uns sehr viel Spaß bereitete.

Es waren Übermut, Abenteuerlust, ein wenig Heimweh. Irgendwann wurde einer nach dem anderen müde und wir verschliefen etliche Stunden der langen Fahrt. In der Nacht erreichten wir endlich unser Ziel Swinemünde. Eine Hafenstadt an der Ostsee, in der unsere Kriegsmarine stark vertreten war, das konnten wir selbst im Dunkeln erkennen. Es waren ebenfalls viele Flüchtlinge dort, denn einige dieser Schiffe brachten auch Menschen hierher, die aus Angst vor der Roten Armee ihre Heimat verlassen hatten. Charly und mir wurde es jetzt ganz klar, wir hatten unsere kleine heile Welt verlassen, und wir hatten keine Ahnung, was uns erwartete. Diese Ungewissheit machte uns jetzt doch ein wenig Angst.

Hier standen wir nun wie bestellt und nicht abgeholt mit unseren wenigen Habseligkeiten, fast so wie die Flüchtlinge. Der Fahrer ermahnte uns, uns ja nicht vom Platz zu bewegen, er habe schließlich die Verantwortung – was wir aus Angst schon nicht gewagt hätten. Und so fassten wir uns instinktiv an den Händen, was wir erst später bemerkten, als sich zwei Soldaten auf uns zu bewegten. Charly und ich rückten noch enger zusammen, was eigentlich gar nicht mehr möglich war. „Na, ihr zwei Landeier, habt ihr es unbeschadet hierher geschafft?", begrüßten sie uns. Wir müssen wohl sehr ängstlich ausgesehen haben, sodass der eine noch hinzufügte: „Ihr braucht euch nicht zu fürchten, wir sollen euch zu eurer Unterkunft bringen, dort könnt ihr euch erst einmal richtig ausschlafen." Wir bestiegen eine Art Sanitätsfährzeug und erreichten nach einer kurzen Fahrt durch die Stadt unser Ziel.

Vor einem schmucken Stadthaus, welches durch seine erleuchteten Fenster sehr gemütlich und anheimelnd auf uns wirkte, hielt das Gefährt. „So, da wären wir", sagte der große Blonde, der sich kurz vorher als Gernot Schreiber vorgestellt hatte. Und der kleine Blonde mit seiner quäkenden Mickey-Maus-Stimme meinte noch: „Ihr wohnt bei Mutter Havemann, so nennen sie alle, denn sie beherbergt fast alle jungen Mädchen, die hier ihre Funkerausbildung absolvieren." Die Mickey-Maus hieß übrigens Martin Feldkamp und hatte bereits an der Tür geklingelt. Diese wurde von einer älteren, adrett frisierten und gekleideten Dame (und das noch zu so später Stunde, als wäre sie stets auf Besuch eingerichtet) geöffnet. „Immer rein in die gute Stube", begrüßte sie uns, „ihr könnt Mutter Havemann zu mir sagen, wie die anderen auch." Und zu den beiden Soldaten sagte sie: „Jungs, jetzt ist es genug, mein Haus ist voll belegt." Gernot und die Mickey-Maus riefen noch: „Tschüs, Mädels, bis morgen Mittag. Um 13.00 Uhr findet bei uns die Begrüßung der ‚Neuen' statt, wir holen euch hier wieder ab, damit ihr nicht verloren geht." Nachdem auch wir uns vorgestellt hatten, zeigte Mutter Havemann uns unser Zimmer. Wir hatten Glück, es war in der unteren Etage und gleich daneben zeigte uns ein riesiger Kachelofen, dass wir nicht mehr frieren brauchten. „Dieses Zimmer ist heute Früh frei geworden und wir haben die Betten frisch bezogen, stellt erst mal eure Sachen dort ab und dann kommt ihr zu mir in die Küche. Dort bekommt ihr noch einen warmen Kakao und etwas zu Essen, ihr seht ja ganz klöterig aus." Das ließen wir uns nicht zweimal sagen. Wir stellten unsere Sachen ab, schmissen uns kurz auf die Betten und dann ging es zu Mutter Havemann. Diese vertraute Anrede stand ihr zu, denn sie hatte eine warmherzige mütterliche Art und wir fühlten uns sofort wohl bei ihr. Wie sie uns später erzählte, befand sich ihr Mann in Afrika und ihre beiden Söhne an der Ostfront. Sie sprach aber sehr zuversichtlich und meinte, „es wird schon alles gut gehen", was aber doch nicht so ganz überzeugend wirkte, denn sie schaute uns mit einem Blick an, als wenn sie in diesem Moment lieber ihre 3 Männer als uns am Tisch gehabt hätte. Nun, wie so viele andere Menschen musste auch Mutter Havemann sich mit diesen

Gegebenheiten abfinden, da diesbezügliche Entscheidungen von vermeintlich wichtigeren Menschen getroffen wurden, so einfach war das. Nachdem sich der warme Kakao und die Stullen in unseren Mägen ausgebreitet hatten, überkam uns langsam eine bleierne Müdigkeit. Wir versuchten unser Gähnen zu unterdrücken, was uns aber offensichtlich nicht gut gelang. „Nun mal ab in die Kojen mit euch beiden, morgen ist auch noch ein Tag." Dankbar sprangen wir sofort auf und steuerten unser Zimmer an. „Am Ende des Flures ist das Badezimmer und links daneben, die kleine Tür, das Klo", flötete uns Mutter Havemann noch mit ihrer fröhlichen Stimme hinterher. Da es hier aber nicht so warm war, begnügten wir uns mit einer Katzenwäsche, denn morgen war ja schließlich auch noch ein Tag, wie wir soeben gehört hatten. Charly und ich sprangen unter unsere Federberge und erwarteten mit Spannung den nächsten Tag. Ich weiß nicht mehr, wer von uns beiden zuerst eingeschlafen war, aber kurz darauf wurden wir von Stimmen, Gelächter und Getrampel auf der Treppe aus dem Schlaf gerissen. Aber wohl nur ganz kurz, denn am nächsten Morgen wussten wir beide nicht, ob wir es nur geträumt hatten. In der großen Küche war schon Betrieb, am Tisch saßen 3 weitere Mitbewohnerinnen. Nachdem wir uns miteinander bekannt gemacht hatten, setzen wir uns zu ihnen und freuten uns über das Frühstück. Mutter Havemann setzte sich zu uns, denn sie war offensichtlich froh, dass sie uns betüteln konnte. Da Charly und ich noch bis mittags Zeit hatten, blieben wir sitzen, und Mutter Havemann klärte uns über ein paar Hausregeln auf. Die Zeit verging sehr schnell, und als es an der Tür klingelte, stand dort unsere kleine Mickey-Maus, um uns abzuholen. Am Steuer saß aber nicht sein Kumpel von heute Nacht, sondern ein anderer Soldat. Unfreundlich und undeutlich stellte er sich vor, wir verstanden ihn nicht, hatten aber auch kein Interesse, nochmals nachzufragen. Mickey-Maus merkte dies wohl und meinte, er müsse seinen Part übernehmen.

Mit anderen Worten, er redete in einem fort. Als der Wagen abrupt bremste, sagte er noch: „Wir sind da, habt ihr euch den Weg gemerkt?" „Äh, nee, sollten wir das denn?", fragte Charly. „Meint ihr denn, wir sind nur für euch da?", fragte der Unfreundliche. Wir stiegen aus und standen vor einem großen weißen Gebäude mit unzähligen Antennen, einem riesigen Tor und etlichen Wachposten. Da wir noch keine Ausweise besaßen, begleitete uns Mickey-Maus und legte dem Posten ein Schreiben vor, welches dieser überflog. Er musterte uns kurz und gab dann ein Zeichen zum Passieren. Unsere beiden Begleiter waren schon nicht mehr zu sehen, aber der Wachposten hatte einen Kollegen heran gewunken, welcher uns zu einem Büro brachte, über dem „Anmeldung" stand. Wir klopften und hörten eine weibliche Stimme: „Herein". „Na, ihr zwei, ihr müsst Edeltraud und Charlotte sein, stimmt's?" Noch ehe wir antworten konnten, sagte sie: „Ich heiße Hannelore Brommer und bin gleich für euch da." Sie nahm einen Stapel Akten und verschwand aus dem Zimmer. Das „Bin gleich für euch da" dauerte eine Viertelstunde, dann kam sie wieder hereingeschwebt, so konnte man es wohl nennen. Etwas neidisch müssen wir wohl beide auf ihre flotte Uniform geschaut haben, denn umgehend meinte sie: „Wenn wir den schriftlichen Kram erledigt haben, könnt ihr zur Kleiderkammer gehen, dann bekommt ihr eure Arbeitskleidung." Ob wir dort auch lange blonde Locken und diesen tollen Schwebegang verpasst bekämen? „Ach, übrigens, ich wohne auch bei Mutter Havemann, gefällt es euch dort?" „Ja, prima", antworteten Charly und ich fast wie aus einem Munde. „Glaubt mir, wir werden dort eine tolle Zeit zusammen haben." Wir hatten zwar dort erst eine Nacht verbracht, waren aber auch schon zu dieser Überzeugung gekommen. Nachdem wir etliche Formulare ausgefüllt hatten, begleitete Hannelore uns zu der angekündigten Kleiderkammer, wo wir mit je 2 Uniformen, 3 Blusen, Krawatte, Strümpfen und Schuhen ausgestattet wurden.

Dann brachte Hannelore uns zu einem Büro. Nachdem auf ihr Klopfen keiner reagierte, öffnete sie die Tür und bat uns, in der Sitzecke Platz zu nehmen, es würde gleich jemand kommen. „Gleich" schien hier eine ganz andere Bedeutung als bei uns zu haben. Es übertraf die Viertelstunde, die halbe Stunde, wir konnten es an der großen Wanduhr verfolgen, als endlich die Tür aufging. Völlig verdattert glotzten wir beide „Mister Unfreundlich" aus dem Transportfahrzeug an. Er schien in Gedanken versunken und da sich die Sitzecke gleich hinter der Tür befand, bemerkte er uns erst, nachdem er etwas auf den Schreibtisch gelegt und bereits seinen Rückweg Richtung Ausgang angetreten hatte. Er konnte tatsächlich in deutlicher Sprache reden: „Na, das wird wohl noch ein Weilchen dauern, der Chef ist in einer wichtigen Besprechung." Er hatte die Zeitumschreibung „gleich" mit „ein Weilchen" getauscht, das machte ihn schon sympathischer. Zu unserer Überraschung konnte er auch noch freundlich lächeln. Als wenn er sein Verhalten der vergangenen Autofahrt ungeschehen machen wollte, setzte er noch eins drauf und ergänzte seinen kaum endenden Redefluss mit dem Zusatz: „Wenn ihr wollt, zeige ich euch die Kantine, es ist Mittagszeit und ihr habt doch bestimmt Hunger?" Begeistert sprangen wir auf, hatten dann jedoch Bedenken: „Aber was ist, wenn der Chef kommt und wir nicht da sind?" „Keine Sorge, das dauert bestimmt noch eine Stunde, in der Zeit seid ihr lange fertig." Nun denn, wir folgten ihm den langen Flur entlang in die Kantine. „Übrigens, ich heiße Eduard, aber alle sagen Eddi zu mir." „Das trifft sich gut, ich heiße Edeltraud, aber alle sagen Edda zu mir", konterte ich. Da Charlotte ihn nur anstarrte, ohne etwas zu sagen, sprang ich für sie ein: „Und das ist Charlotte, aber alle sagen Charly zu ihr." Irgendwie wurde ihm wohl etwas plümerant und sein Gesicht nahm eine leicht rötliche Farbe an. „Setzt ihr euch schon mal an den Tisch dort drüben, ich hol uns das Essen", zog er sich aus der Affäre. „Hast du diese wundervollen Augen gesehen?", fragte Charly und ließ sich auf den Stuhl plumpsen. „Nee, wie sollte ich, der hat ja nur dich angesehen", antwortete ich. „Meinst du wirklich?" „Ja, nu krieg dich mal wieder ein." Aber Charlys Augen wanderten schon wieder in Richtung Essensausgabe: „Oh, er hat eine tolle Figur und er ist so groß und diese dunklen Haare, diese Nase ist so ausdrucksvoll." „Oh mein Gott, Charly, ist das Hunger, Durst oder hat Amor dich getroffen?" „Nein, nicht Amor, aber Eddi, und zwar mitten hier rein", sie zeigte auf die Stelle, wo diese kleinen Pfeile ihr Gift zu verteilen pflegen. Da ich dachte, etwas retten zu müssen, sagte ich diesen vollkommen überflüssigen Satz: „Mensch, uns werden noch so viele hübsche Kerle über den Weg laufen." „Du hast bestimmt recht, aber so schön wie Eddi wird für mich keiner sein." Das war sie, meine Charly, sie wusste immer, was sie wollte, immer entschlossen, nie wankelmütig, immer konsequent. Diese Attribute schätzte ich an ihr, aber was sich hier anbahnte, schien jetzt schon außer Kontrolle – bei ihr sowieso und Eddis unnatürliche Gesichtsfarbe ließ auch einiges erahnen, denn ansonsten hätten ihn Charlys gierige Blicke im wahrsten Sinne des Wortes kaltgelassen. Sollten Charlys Gefühle nur einseitig sein, würde es eine Katastrophe geben, denn wie gesagt, sie war immer sehr entschlossen, nur mit dem anderen Geschlecht hatte sie, und da war ich mir mehr als sicher, keinerlei Erfahrungen. Da sie ihn wie durch Hypnose an unseren Tisch zu locken schien, schaute er leider nicht auf sein Tablett, sondern in ihre Augen, stieß mit dem Knie an meine Stuhllehne und ich bekam prompt einen Teller Suppe in den Nacken. Nicht nur, dass es mehr als heiß wurde, nein, ich hatte auch noch eine völlig verdorbene Erstausstattung. Warum ich, was hatte ich denn mit diesem ganzen Schlamassel zu tun? Ein kurzer Aufschrei, alles schaute zu uns herüber, und Charly – für die es gerade weit Wichtigeres gab als meine Erstausstattung – sagte: „Nun stell dich mal nicht so an, das bringen wir schon wieder in Ordnung."

Wir? Pah! Es passierte eigentlich gar nichts bis zu dem Augenblick, als ich mich s e l b s t in Richtung Toilette begab und mich um Schadensbegrenzung bemühte. In der Hoffnung, dass sie mir folgen würde, begann ich, mit einem Handtuch Nudeln und Gemüsestücke zu entfernen. Aber sie kam nicht. Vor Wut schnaubend stampfte ich zurück (den Schwebegang musste ich auf später verschieben) an unseren Platz. „Na, alles wieder sauber?", fragte mich Charly, leider ohne mich anzusehen. Aber Eddi schien noch ein Fünkchen Anstand und Verstand in sich zu haben, denn er sprang auf und entschuldigte sich mehrmals. „Alles halb so wild", sagte ich, denn Charly hatte Schuld, wieso musste sie ihn so anstarren wie die Schlange das Kaninchen? Ihre Abreibung verschob ich auf später. „Am Wochenende lade ich euch zum Kaffee ein, als Entschuldigung, einverstanden?" Euch? Hatte ich richtig verstanden? „Einverstanden", fing ich auch schon an zu säuseln, weil ich ihm einfach nicht böse sein konnte, er hätte mir auch gefährlich werden können. Und in diesem Augenblick war ich ein ganz klein wenig eifersüchtig. Da Eddis Verstand wohl wieder auf Normalbetrieb umgeschaltet hatte, sprang er ganz plötzlich auf und meinte nur: „Wir müssen langsam los, falls der Chef, übrigens er heißt Remmler, seine Besprechung beendet hat." Auf meine Frage, wie ihnen denn das Essen geschmeckt habe, antwortete Charly: „Ja, gern", und Eddi: „Da bin ich aber froh."

Als wir das Büro des Herrn Remmler ansteuerten, meinte Eddi: „Der ist bestimmt noch nicht da", klopfte aber trotzdem an die Tür, was mit einem unüberhörbaren lauten Bellen, was wohl „Herein" heißen sollte, beantwortet wurde. Eddi raunte uns zu: „Bellende Hunde beißen nicht", was so viel hieß wie: „Keine Angst, er meint es nicht so, wie es scheint."

„Meine Damen", begann er, „um 14.00 Uhr sollten Sie sich hier bei mir melden. Ich gehe davon aus, Sie sind Edeltraud Bode und Charlotte Landauer, wer ist wer?" Wie so oft begannen wir gleichzeitig zu sprechen: „Ich bin Edeltraud Bode." „Ich bin Charlotte Landauer." Ohne eine Miene zu verziehen, bölkte er: „Sie können zusammen singen, aber nicht zusammen sprechen, ich habe kein Wort verstanden." Ein Augenblick war Ruhe und wieder begannen wir gleichzeitig zu sprechen. Ich fing an zu schwitzen und suchte nun Hilfe suchend Eddis Blick und hatte Glück. Er schaute auch mich an und rettete die Situation, indem er die Sachlage erklärte und die Schuld unserer Verspätung auf sich nahm. Wieder begann er mit: „Meine Damen, lassen Sie sich das eine Lehre sein, Pünktlichkeit ist oberstes Gebot, sonst funktioniert der ganze Betrieb hier nicht", und zu Eddi gewandt: „Sie können jetzt gehen, holen Sie Fräulein Bode und Fräulein Landauer in ca. 30 Minuten wieder ab und bringen Sie sie dann in einen der Funkräume, in dem Hochbetrieb herrscht." Mit einen zackigen „Jawohl" verabschiedete er sich und verließ den Raum. Da wir immer noch wie zwei begossene Pudel vor Herrn Remmlers Schreibtisch standen und er uns keinen Platz anbot, fragte ich ihn, ob wir uns nicht bitte setzen könnten. Da er so etwas anscheinend nicht gewöhnt war, antwortete er etwas gereizt: „Ja, bitte, bitte." Er belehrte uns über die Hausregeln, wovon eine der wichtigsten wohl darin bestand, kein „Techtelmechtel" mit einem der männlichen Kollegen anzufangen. Na, diese Belehrung kam meiner Einschätzung nach wohl eine gute Stunde zu spät. In diesem Moment berührte mich Charlys Knie, als wäre es eine Bestätigung, vielleicht war es aber auch nur Zufall. Nach exakt 30 Minuten (wieder hatten wir die Uhr genau vor uns) entließ er uns mit dem Wunsch auf gute Zusammenarbeit, an mir sollte es nicht liegen, bei Charly war ich mir jetzt nicht mehr so sicher.

Vor der Tür wartete Eddi, und als hätten die Worte von Herrn Remmler doch ein wenig gefruchtet, hielt sich Charly sehr zurück. Ihr Übermut hatte einen kleinen Dämpfer bekommen. Aber ich konnte nicht glauben, was ich zu sehen bekam, als wir in den unteren Bereich des Gebäudes gelangten. Wie auf Knopfdruck redete sie munter auf Eddi ein, lachte und hakte sich zur Krönung auch noch bei ihm unter. Doch nun wurde Eddi aktiv und flüsterte ihr etwas zu, was ich nicht hören konnte, da sie vor mir liefen. Eigentlich konnte und wollte ich nicht glauben, was sich in dieser kurzen Zeit, seitdem wir das Gebäude betreten hatten, ereignet hatte. Gar nicht auszudenken, was uns noch bevorstand. An meine eigene Person dachte ich dabei überhaupt nicht, ich war viel zu viel mit Charly beschäftigt, und hatte das Gefühl, alles in geordnete Bahnen lenken zu müssen. Wie wenig Erfolg ich dabei hatte, sollte ich schon bald zu spüren bekommen.

Wir gelangten zu einem Gang mit 5 dicken Eisentüren, welche von außen nur unter enormer Kraftanstrengung zu öffnen waren. Über diesen Türen blinkten grelle rote Lampen, neben den Türen befanden sich Klingeln mit Gegensprechanlagen. Eddi klingelte an der ersten Tür und meldete uns über die Sprechanlage an. Es dauerte nicht lange, bis ein junges Mädchen die Tür öffnete und uns hereinließ. In diesem Raum saßen ca. 10 bis 12 Frauen, mit und ohne Ohrstöpsel, am Fernschreiber, an Schreibmaschinen, keine nahm uns wahr, alle waren sehr beschäftigt. Gleich rechts neben dem Eingang befand sich ein Büro, dessen Vorderseite mit einer übergroßen Glasscheibe versehen war. Eddi flüsterte uns zu: „Das ist F r ä u l e i n  Rabe …" Er wollte noch etwas hinzufügen, als sie sich schon von ihrem Platz erhob und die Tür öffnete. Sie machte ihrem Namen alle Ehre, denn sie sah aus wie ein magerer Raubvogel, der gierig darauf wartet, sich auf seine Beute zu stürzen. Ihre Haare waren streng nach hinten zu einem Knoten gebunden, ihre Nase war unglaublich lang und die wachsamen, eng beieinanderliegenden Augen musterten uns sofort von oben bis unten. Alle Personen, die bis jetzt unseren Weg gekreuzt hatten und uns auf den ersten Blick nicht ganz geheuer vorgekommen waren, hatten sich später doch noch auf die eine oder andere Art von ihrer guten Seite gezeigt. Aber Fräulein Rabe, nein, die bestimmt nicht, da war ich mir ziemlich sicher. Kein Lächeln, ihr Gesichtsausdruck, ihre Stimme, alles schien irgendwie erstarrt oder eingefroren, es ging eine Eiseskälte von ihr aus. Kein Wunder, dass niemand zu uns herübersah. Angst hatte sich in diesem Raum ausgebreitet, das konnte ich spüren. Eddi hatte sich lautlos verdrückt, denn als wir uns wieder mal gleichzeitig umdrehten in der Hoffnung, er würde uns beistehen, mussten wir feststellen, dass wir Fräulein Rabe vollkommen allein gegenüberstanden. Nachdem wir uns kurz miteinander bekannt gemacht hatten, erklärte sie uns, dass wir ab morgen 2 frei gewordene Plätze in diesem Funkraum zu besetzen hätten. Dort ging es um Funknavigation und Funkpeilung, die Feststellung der Kursrichtung von Schiffen und Flugzeugen. Hinzu kam das Morsealphabet für den Funkverkehr (kurze und lange Töne), denn diese Übermittlungen mussten entschlüsselt werden. Anschließend forderte sie uns auf, uns zu einer der Mitarbeiterinnen zu setzen. Wir sollten einen Einblick bekommen, womit wir uns zu beschäftigen hatten. Charly und ich waren überwältigt, mit welcher Routine und Disziplin hier gearbeitet wurde. Luise Steinbach, so hieß die Mitarbeiterin, war ebenfalls eine Mitbewohnerin von uns und konnte sehr gut und interessant erklären. Langsam löste sich unsere Anspannung, denn vor uns breitete sich eine ganz neue Variante der Kriegsführung aus, von der wir bis zu diesem Zeitpunkt nicht die geringste Ahnung hatten. Wir wurden zwischendurch immer wieder von Funksprüchen unterbrochen, was die ganze Sache noch spannender werden ließ. Der Nachmittag verging wie im Flug und um 18.00 Uhr erschien der große Raubvogel und entließ uns für den heutigen Tag mit den Worten: „Fräulein Bode und Fräulein Landauer, ich erwarte Sie beide morgen Früh pünktlich um 7.00 Uhr." „Jawohl, Fräulein Rabe", antworteten wir beide mal wieder wie aus einem Munde. Als wir draußen auf dem Flur standen, mussten wir die Erlebnisse des Nachmittags erst einmal verdauen. Wir stiegen die Treppe empor und passierten gerade das Büro von Hannelore, als sich die Tür öffnete und diese, wie von uns gerufen, herauskam. „Hallo, ihr zwei, habt ihr auch Feierabend? Wie wäre es noch mit einem kleinen Bummel durch die Stadt, so kann ich euch gleichzeitig den Rückweg zu Fuß erklären." Dankbar, dass sich noch jemand um uns kümmerte, willigten wir ein. Draußen atmeten wir erst einmal tief durch. Uns wurde in diesem Moment erst bewusst, dass wir fast die ganze Zeit in einem Keller ohne Fenster nur mit künstlichem Licht verbracht hatten. Wenige Straßen weiter und wir befanden uns schon im Hafengebiet. Überall waren Menschen, die hier offenbar nicht hergehörten. Es schien eine große Haltestelle zu sein, und diese Menschen warteten nur auf den Anschluss an ihr neues Leben. Sie hatten keine Heimat mehr und saßen nun mit den wenigen Habseligkeiten, die sie tragen konnten, überall herum. Kinder weinten und quengelten, Mütter mit traurigen, hilflosen Gesichtern und viele ältere Menschen, denen jeder Funken Hoffnung abhanden gekommen war. Ein paar Rotkreuzschwestern versuchten etwas Ordnung zu schaffen und forderten die Menschen auf, ihnen in die Lagerhallen am Hafen zu folgen. Wir konnten zwei Kriegsschiffe erkennen, die sehr bedrohlich aussahen. Hannelore sah unsere ängstlichen Blicke und meinte: „Daran müsst ihr euch gewöhnen, das gehört ab jetzt zu unserem Leben."

Dieses neue Leben mit all seinen Schattenseiten ergriff sehr schnell von uns Besitz. Da wir eine Menge lernen mussten, auch in unserer Freizeit, verging die Zeit unheimlich schnell. Abends saßen wir immer noch für einige Zeit zusammen, die Küche wurde zum Treffpunkt für uns, denn dort hielten sich immer diejenigen auf, die noch Lust auf ein Schwätzchen hatten. Mittendrin stets Mutter Havemann, sie gab uns das Gefühl, für uns da zu sein. Heimweh hatte ich nur nach meinem Vater.

Charly war in den vergangenen Tagen sehr wortkarg und zurückhaltend gewesen, aber heute strahlte sie über das ganze Gesicht, denn sie hatte endlich wieder Kontakt zu ihrem Eddi, und eine Verabredung mit ihm für Sonntag in einem der wenigen Cafés, die noch geöffnet waren. Da er sich ja bei mir entschuldigen wollte, war es eine Verabredung zu dritt. Es war der erste Sonntag für uns und der war frei, in Zukunft sollten wir diesen Vorzug nicht mehr haben.

Schon in der ersten Woche hatte sich eine Art Routine eingestellt, welche am Sonnabend jedoch jäh unterbrochen wurde. Als wir abends von unserem Dienst heimkamen und die Haustür öffneten, merkten wir sofort eine Veränderung. Der erste Weg führte uns wie immer in die Küche, und am Tisch saß Mutter Havemann mit Hannelore. Beide sahen uns erschrocken aus verweinten Augen an. Ich fragte: „Was ist passiert?" „Meine beiden Jungens sind vermisst", sagte Mutter Havemann tonlos, „schon seit 2 Wochen!" Wortlos nahmen wir sie von allen Seiten in die Arme, denn sagen konnten wir nichts. Der Krieg mit seiner Brutalität und Grausamkeit hatte nun auch diese kleine heile Welt erfasst und seine Klauen in dieses Haus gestreckt. Als wenn sie sich selbst Mut zusprechen wollte, meinte Frau Havemann: „Bis jetzt haben wir immer Glück gehabt, sicherlich haben sie es irgendwie geschafft." An diesem Abend löste sich unser Kreis relativ schnell auf und wir gingen früh ins Bett. „Die Vorstellung, dass jemand, den man liebt, plötzlich verschwunden ist, könnte ich nicht ertragen", meinte Charly. Die Bedeutung dieser Worte sollte mein Leben in einer Art und Weise prägen, wovon ich zu diesem Zeitpunkt jedoch nicht den leisesten Hauch einer Ahnung verspürte. Den nächsten Tag, es war Sonntag, der 15. August 1944, sollte ich mein Lebtag nicht vergessen.

# Dezember 1999

Hier saß ich nun, in meinem Lieblingsstuhl auf dem Balkon unseres gemütlichen Appartements in Rosas, einem kleinen Feriendorf in Nordspanien. Wieder einmal hatte ich einen Brief in den Händen. Er hatte mit mir die Reise von Ludwigshafen hierher gemacht, denn ich wollte ihn an diesem vertrauten Ort ganz für mich allein öffnen. Hier fühlte ich mich sicher, hier fühlte ich mich geborgen, ohne Joachim, der mich immer und überall kontrollierte. Ein Wunder, dass er mich überhaupt allein reisen ließ.

Ich starrte auf den Brief, ich hatte Angst vor dem Inhalt, Absender war das Deutsche Rote Kreuz in München. Die Antwort auf meine Frage ist hier drin, sagte ich mir, öffne ihn, nun mach schon. Eine kurze Mitteilung lautete:

Klemens Helmbrecht, geb. 16.07.1923, Falkenberg / Oberschlesien.
Entlassung aus der Deutschen Kriegsmarine Mai 1945.
Heutiger Wohnsitz unbekannt.

Es war nur die halbe Antwort auf meine Frage, wo war die andere, was ist mit ihm geschehen?

Die Vergangenheit hatte mich wieder eingeholt, nein, sie war, wenn ich ehrlich zu mir war, immer gegenwärtig, nur hatte ich im Laufe der letzten 50 Jahre gelernt, sie wie einen Schatz zu hüten. Hier an diesem ruhigen Ort hatte ich das Gefühl, als sei alles erst gestern gewesen, denn hier konnte ich meinen Gedanken freien Lauf lassen und alle Einzelheiten meines Lebens bis in kleinste Detail noch einmal durchleben. Was hatte Charly damals noch gesagt? Jemanden zu lieben, der dann plötzlich verschwinden würde, müsse grausam sein. Meine liebe Charly, wir waren noch immer Freundinnen und morgen würde sie hier eintreffen. Wie jedes Jahr wollten wir beide ein paar unbeschwerte Wochen verbringen. Dieses Mal über Weihnachten und den Jahreswechsel.

Ihr Vater galt 1944 an der Ostfront als vermisst, kehrte jedoch Ende 1949 aus russischer Kriegsgefangenschaft wieder heim. Charly hatte ihren Eddi bekommen, zwar mit einigen Hindernissen, wie das im oder gleich nach dem Krieg üblich war. Kinder waren ihnen verwehrt geblieben und Eddi verstarb im letzten Jahr. Die beiden hatten ein wundervolles Leben und vermittelten jedem das Gefühl, dass sie durch eine grenzenlose Liebe und tiefe Zufriedenheit auch über den Tod hinaus miteinander verbunden waren. Charlys trauerte nicht um ihn, nein, die Verbundenheit zu ihrem Eddi gab ihr die Kraft, auch ohne ihn weiterzuleben. Dankbarkeit, einem Menschen wie Eddi begegnet zu sein, eine gegenseitige Liebe ohne Einschränkungen, ohne den anderen umzuformen, davon war ihr Leben geprägt. Eine solche Dankbarkeit an das Schicksal, welches es gut mit ihnen gemeint hatte über fast 50 Jahre, ließ keine anderen, negativen Gedanken zu. Charly und ich waren durch unsere langjährige innige Freundschaft sehr miteinander verbunden, trotz räumlicher Trennung. In all den Jahren gab es nie etwas, worüber wir ernstlich gestritten hätten oder was wir dem anderen neideten. Doch, ich beneidete sie um diese einzigartige Liebe, aber wir sprachen nie darüber, denn ich habe sie ihr von ganzem Herzen gegönnt. Tief in ihrem Inneren wird sie es jedoch gespürt haben, dass Joachim nicht die Liebe meines Lebens ist. Dies gehörte zu den wenigen Dingen, über die wir uns nie ausgetauscht haben.

Die Bahnen, die ich meinte, bei den anderen ordnen zu müssen, waren bei mir nicht so gerade verlaufen. Meine Ehe mit Joachim ist, wie man heute sagen würde, eine Vernunftehe. Wir haben 4 gesunde Kinder, finanziell geht es uns gut, von außen betrachtet läuft alles „picobello". Zusammengebracht wurden wir durch gemeinsame Freunde, zu dem Zeitpunkt waren wir beide nicht mehr ganz taufrisch. Wir lebte beide seit langer Zeit allein – Joachim durch eine große Enttäuschung und ich durch jahrelanges Warten. Joachim arbeitete bei Beiersdorf in Ludwigshafen als Ingenieur und verdiente sehr gut in seinem Beruf. Wir konnten uns die Annehmlichkeiten wie ein Haus und ein Appartement in Spanien leisten. Verlässlichkeit und Achtung waren uns sehr wichtig, aber Achim hatte nicht den nötigen Respekt vor meiner Vergangenheit. Als ich ihm einmal davon erzählen wollte, meinte er nur, man müsse die Vergangenheit hinter sich lassen, sonst sei kein Platz für Gegenwart und Zukunft. Überhaupt würde ich immer gewissen Dingen oder Menschen hinterhertrauern, von denen man eh nicht wisse, was geworden wäre, wenn ...!

Die Nachricht vom Roten Kreuz war zwar nicht gerade zufriedenstellend, enthielt aber keine Information darüber, dass er gefallen war oder vermisst wurde. Erst jetzt bemerkte ich, dass meine Hände zitterten und mein Herz schneller schlug. Es bestand durchaus die Hoffnung, dass er irgendwo auf dieser Welt noch lebte und wenn, dann würde ich ihn finden. Klemens. Ich sagte laut: „Caro, was hast du uns nur angetan, dafür sollst du in der Hölle schmoren!"

Meine Schwester Caro, zu der ich nie einen engen Kontakt hatte, auch nach meiner Rückkehr nicht, hatte vor 6 Wochen auf ihrem Sterbebett ihr Gewissen erleichtert. Sie erzählte mir eine so ungeheuerliche Geschichte, die drohte, mein ganzes Leben infrage zu stellen und mich mit meinen fast 80 Jahren zu vernichten.

# Sommer 1944

Der Sonntagmorgen des 15. August 1944 verlief ruhiger als sonst, denn alle meinten, Mutter Havemann bräuchte das. Da hatten wir uns mächtig getäuscht, denn plötzlich ertönte diese ekelhaft schrille Glocke, die sie immer dann benutzte, wenn sie keine Lust hatte, überall zu klopfen und etwas ganz furchtbar dringend war. Alle Anwesenden stürmten sofort aus ihren Zimmern, selbst die, die sich nach der Spätschicht schlafen gelegt hatten. „Was gibt es, was ist passiert?", fragten alle durcheinander in der Angst, es sei wieder etwas Schlimmes vorgefallen. Mutter Havemann hatte den Küchentisch hübsch gedeckt, einen Kuchen gebacken und bat uns, Platz zu nehmen. Erwartungsvoll huschte jeder auf seinen Platz und ließ sie nicht aus den Augen. „Mädels", begann sie, „so will ich das nicht, es soll alles sein wie immer, wir wollen um niemanden trauern, dazu besteht kein Grund, habt ihr mich verstanden? Wenn ja, dürft ihr euch jetzt bedienen." Sie war eine bemerkenswerte kleine Person, die Zuversicht und Lebensfreude in sich barg. Uns tat es gut, wir haben in dieser sorgenvollen Zeit sehr viel davon abbekommen. Ich glaube, jeder von uns hatte in diesem Moment die gleichen Gedanken, nämlich dass ihr Mann und ihre beiden Söhne unversehrt heimkehren sollten. Die Runde löste sich langsam wieder auf, und Charly und ich begannen uns für unsere Verabredung im Café Ewert vorzubereiten. „Was hast du gesagt, Charly? 15.00 Uhr, oder wann müssen wir dort erscheinen?" „Ja", antwortete sie, indem sie versuchte, ihre widerspenstigen Locken zu bändigen. „Aber lass uns zeitig genug dort sein, sonst bekommen wir keinen Platz mehr." „In Ordnung", sagte ich, „von mir aus kann es gleich losgehen, ich bin fertig."

Als wir noch kurz bei Mutter Havemann in die Küche reinschauten , sagte sie: „Wisst ihr eigentlich, dass ich dort auch meinen Paul erobert habe?" „Erobert? Was heißt das denn, ist es denn nicht anders herum?" Charly war erstaunt. „Nun, ganz einfach, er war zu schüchtern, da habe ich das übernommen. Ich habe ihn einfach angesprochen, was zu unserer Zeit sehr frivol war, es sei denn, man ging dem leichteren Gewerbe nach. Was soll ich euch sagen, ich würde es immer wieder tun, bei meinem Paul hab ich es nie bereut und er wohl auch nicht." Etwas melancholisch blickte sie uns nach und wünschte uns einen schönen Nachmittag.

Natürlich waren wir viel zu früh, aber es war überall sehr ruhig, selbst am Hafen liefen nur ein paar Marinesoldaten herum. Es lag nur ein Schiff dort. „Wie heißt das Schiff, kannst du es lesen?", fragte Charly. „Ich glaube T S I N G T A U", antwortete ich. „Was bedeutet es?", fragte sie erneut. Ich wollte gerade Luft holen, um ihr zu sagen, dass ich es nicht wisse, als von hinten eine männliche Stimme zu hören war: „Das ist der Name einer chinesischen Stadt." Wir drehten uns um und sahen zwei Marinesoldaten in weißer Uniform, die plötzlich aus dem Nichts aufgetaucht waren. „Wenn ihr zwei Hübschen noch mehr wissen wollt, stehen wir jederzeit zur Verfügung, wir können euch sicherlich noch einiges beibringen, von dem ihr keine Ahnung habt." „Wir werden es euch wissen lassen, wenn es so weit ist", entgegnete ich schnippisch , drehte mich aber nicht zu ihnen um, denn sie hatten es darauf angelegt und auch geschafft, uns in Verlegenheit zu bringen. „Aufdringliche Kerle! Unschuldige Mädchen zu belästigen …", sagte Charly, aber so leise, dass sie es nicht hören konnten. Wir setzten unseren Weg in Richtung Café Ewert fort, wagten es aber nicht, uns umzudrehen.

Fast alle Tische waren leer und wir suchten uns einen Platz am Fenster, sodass wir alles im Blick hatten und sehen konnten, wer das Lokal betrat. Als der Wirt uns nach unseren Wünschen fragte, beschlossen wir, noch etwas zu warten, denn der Dritte im Bunde fehlte ja noch. Die Zeit verging sehr langsam, wie immer, wenn man genug davon hat. Aber irgendwann war es 15.00 Uhr und Charly wurde unruhig. „Er wird schon kommen, dein Eddi", sagte ich. „Ja, klar", meinte sie nicht ganz so überzeugt. Aber ein richtiges Gespräch brachten wir nicht zustande, denn ihr hektischer Blick wanderte zwischen Uhr und Fenster hin und her. „Er wird sicherlich einen triftigen Grund haben, und überhaupt, feine Leute kommen immer etwas später, damit sie die Aufmerksamkeit auf sich lenken können", versuchte ich noch etwas zu retten. Es war mittlerweile 16.00 Uhr geworden, als sich die Tür öffnete. „Oh, mein Gott", sagte ich, „die kommen doch wohl nicht zu uns an den Tisch." „Wer denn, wen meinst du?" fragte Charly. „Na, die beiden vom Hafen." „Besser, als hier versetzt zu werden", sagte Charly. Noch immer standen die beiden im Eingangsbereich und ließen ihre Blicke durch den Raum schweifen. Ohne miteinander zu sprechen oder sich auf eine andere Art zu verständigen, peilten sie genau unseren Tisch an. „Welch eine Überraschung, so klein ist diese Welt", meinte der große Blonde, „dürfen wir uns zu euch setzen?" Gerade wollte ich die beiden Herren empört darauf hinweisen, dass ja wohl noch genügend freie Plätze vorhanden seien, da hörte ich Charly hauchen: „Bitte setzt euch doch." Ich glaubte, nicht richtig gehört zu haben, aber dann wurde mir der Grund schnell klar. Ihre Vermutung, dass Eddi noch auf der Bildfläche erscheinen würde und sie ihm hiermit eine Lektion erteilen könnte, ging allerdings nicht auf.

Sie schaute immer wieder hektisch und nervös auf die große Uhr neben der Toilettentür, was auch den beiden Männern nicht entging. Der kleine Blonde fühlte sich daher genötigt, sie zu fragen, ob sie versetzt worden sei. Völlig sprachlos, was bei Charly äußerst selten vorkam, wurde sie erst blass, dann rot und zur Krönung fing sie auch noch an zu weinen. „Mensch", sagte der große Blonde, „jetzt halt aber dein loses Mundwerk, es geht dich überhaupt nichts an." „Sorry", meinte er kleinlaut, „tut mir leid, das wollte ich nicht." „Schon gut", entgegnete Charly, „aber ich hatte mich so auf diesen Nachmittag gefreut, ich verstehe nicht, warum er nicht kommt." Der große Blonde, er hieß Klemens Helmbold, rettete die Situation mit der Erklärung, dass ein großer Truppentransport mit verwundeten Soldaten auf dem Seeweg angekündigt worden sei und ein weiteres Lazarett in Windeseile aus dem Boden gestampft werden müsse. Mit anderen Worten, es wurden alle verfügbaren Kräfte zusammengetrommelt, um Material aus umliegenden Einrichtungen zu besorgen. „Und ihr, warum helft ihr nicht dabei?", fragte Charly – eine eher peinliche Bemerkung. Klemens, der andere hieß übrigens Gisbert, erklärte weiter, ohne sich angegriffen zu fühlen, dass sie der Deutschen Kriegsmarine angehörten und ihr Schiff, die Tsingtau, mit einem weiteren Befehl Richtung Osten zu rechnen hätte, um Vertriebene aus den deutschen Ostgebieten zu retten. Er erzählte auch von seiner Familie – sein Geburtsort war Falkenberg in Oberschlesien –, um die er sich große Sorgen mache. Wir beschlossen, uns einen Cognac zu bestellen, und dieser sorgte auch dafür, dass Charly sich wieder beruhigte. Klemens war mir sehr sympathisch, und als sich unsere Blicke trafen, konnte ich in seinen Augen etwas sehen, was mich völlig verunsicherte.

Die leichte Anspannung war genauso schnell wieder verschwunden, wie sie gekommen war, jedenfalls empfand ich es so. Charly konnte sich gewissen Situationen in Sekundenschnelle wie ein Chamäleon anpassen, so auch hier. Es war kein Opportunismus, nein, ich beneidete sie sogar ein wenig, wusste ich doch, dass sie ihren Kummer für eine bestimmte Zeit ausklammern konnte.

Klemens bemerkte es wohl und nahm meine Hand, etwas verlegen zog ich sie zurück und führte sie völlig überflüssig zu meinem leeren Glas. Gleichzeitig fragten Gisbert und Klemens, ob wir noch etwas trinken wollten. Charly meinte: „Ja, gern", ich hingegen hatte einen dicken Kloß im Hals und wollte zu unserer Unterkunft.

Ich versuchte Charlys Blick aufzufangen und ihr das Ende dieser gemütlichen Runde zu signalisieren. Blitze aus ihren Augen funkten ein entschiedenes NEIN zurück und zum Trotz forderte sie noch einen dritten Cognac. Ich musste hier raus und schob energisch meinen Stuhl zurück, was sie auch tat. Sie grinste mich an und wankte Richtung Toiletten. Gisbert sah mein sorgenvolles Gesicht und versuchte mich zu beruhigen: „Wir müssen um 19.00 Uhr an Bord sein, ich bringe sie dir heil nach Hause." Klemens stand nun ebenfalls auf und begleitete mich nach draußen, nachdem ich mich bei Gisbert bedankt und verabschiedet hatte. Ich musste einmal kräftig durchatmen, erstens, weil ich mich über Charly ärgerte und zweitens ... ich konnte es nicht genau definieren. „Gehen wir noch ein kleines Stück zum Hafen?" „Ja, gern", hörte ich eine Stimme, die mir in diesem Augenblick völlig fremd vorkam. Ich musste mich umdrehen, um mich zu vergewissern, dass ich es war, die gesprochen hatte. Am Hafen war eine gewisse Unruhe zu spüren, die Tsingtau wurde mit Hilfsgütern beladen, Decken, Lebensmittel etc.

„Die Heimat verlassen, all die Sachen zurücklassen, die mir im Laufe meines Lebens ans Herz gewachsen sind, ich kann mir das nicht vorstellen." „Ich glaube", sagte Klemens, „darüber denken die Menschen erst viel später nach, jetzt wollen sie einfach nur weg, sie haben große Angst vor der Roten Armee." Ich schämte mich, denn bislang hatten wir uns noch nicht sehr damit befasst, wenn wir Funksprüche von Niederlagen der Deutschen Wehrmacht mitbekamen. Zweifel an diesem sinnlosen Krieg, Zweifel an unserem Führer, gestatteten wir uns nicht, und sie wurden uns auch nicht gestattet.

„Es sind schon einige Schiffe gesunken, die von russischen U-Booten torpediert wurden", fuhr er weiter fort, „also richtig sicher sind wir erst hier im Westen." Er hatte „wir" gesagt, denn er begleitete diese bedauernswerten Menschen und gleichzeitig dachte er wohl an seine Familie in Schlesien. „Hast du Angst?", fragte ich ihn, was ich jedoch im selben Moment bereute. Er ließ sich Zeit mit der Antwort. „Ja, die habe ich, aber ich habe meinen Glauben und er hilft mir." Was war das für ein Glaube? Hatten die unzähligen gefallenen Soldaten oder die Menschen, die mit den Schiffen untergegangen waren, nicht auch an Gott geglaubt? Ich traute mich nicht, ihn danach zu fragen, jedenfalls in diesem Augenblick nicht. Mein Leben verlief trotz Krieg in einigermaßen geordneten Bahnen, bislang hatte ich noch keinen mir lieb gewordenen Menschen verloren. Die Nachrichten meiner Eltern, die mich zwar immer mit großer Verspätung erreichten, waren nicht besorgniserregend.

Mein ganzes Weltbild geriet jedoch ins Wanken, bedingt auch durch die Naivität unserer Jugend. „Glaubst du, dass wir den Krieg noch gewinnen?", versuchte ich die Stille zu durchbrechen. „Wir haben Einbrüche an fast allen Fronten und der Winter steht bevor ..." Weiter kam er nicht. Ein Kamerad rief ihm etwas zu, was ich nicht verstand. „Schnell, lauf zu Gisbert und schick ihn her, wir laufen aus." Er umarmte mich ganz fest und sagte: „Vergiss mich nicht, ich melde mich bei dir, sobald wir zurück sind." So schnell ich konnte, lief ich zum Café Ewert und holte Gisbert und Charly nach draußen. Nachdem ich Gisbert eine kurze Erklärung gegeben hatte, verabschiedete er sich schnell und rannte zu seinem Schiff. Es hatte wohl noch Cognac Nr. 4 oder 5 gegeben, denn Charly war mittlerweile ziemlich blass. „Oh, mein Gott, ist mir schlecht", lallte sie. Da sie sich bei mir eingehakt hatte, versuchte ich sie wegzuschieben, denn ich ahnte, was nun passieren würde. Und richtig, sie übergab sich. Die Bescherung landete auf meinem Rock sowie auf meinen Strümpfen und Schuhen. „Du altes Ferkel, pass doch auf", aber das nützte nun auch nichts mehr. „Mensch, Edda, was hab ich gemacht?", jaulte sie und fing wieder an zu heulen.

„Du hast mich vollgekotzt und dafür wünsche ich dir einen anständigen Kater." Da dieses Ereignis vor dem großen Cafefenster stattgefunden hatte, konnten wir uns etlicher Zuschauer sicher sein, hinsehen mochte ich nicht mehr. Ich zog Charly um die Hausecke und mit unseren Taschentüchern mühten wir, besser gesagt, mühte ich mich ab. Zusätzliche Mühe hatte ich mit Charly, denn überall blieb sie stehen und versuchte mir von ihrem Gespräch mit Gisbert zu berichten, was ihr aber nicht so recht gelingen wollte. Irgendwann standen wir vor unserer Tür und ich hoffte, dass niemand in der Küche saß, an der wir ja schließlich vorbei mussten. Mein frommer Wunsch wurde erhört und so konnten wir, ohne Fragen zu beantworten, nach oben in unser Zimmer. Ich war froh, Charly endlich auf ihr Bett legen zu können und half beim Entkleiden, so gut es eben ging. Sie war schon fast eingeschlafen, als sie murmelte: „Es tut mir alles so leid, ich bin soooo traurig." Nachdem ich auch unter meine Decke gekrochen war, starrte ich in die dunkle Nacht hinaus. Ich hatte den Vorhang nicht zugezogen und konnte die Sterne sehen. Wie ist es wohl dort oben, dachte ich, was erwartet uns eigentlich, wenn das irdische Leben beendet ist? Für uns hatte das Leben, das Erwachsensein doch gerade erst begonnen, wenn auch mit einem Krieg, der hoffentlich bald zu Ende gehen würde. Aber danach, nach dem Krieg, was geschieht dann mit mir, kann und will ich dort weiterleben in Hainfeld, zusammen mit meiner Schwester, mit der ich mich nie so richtig verstanden habe?

Krampfhaft wollte ich meine Gedanken ordnen. Würde Klemens zu meinem Leben dazugehören …? Irgendwann schlief ich ein und erwachte von einem fürchterlichen Gepolter an unserer Tür. Ich sprang völlig orientierungslos aus dem Bett und schon stand Mutter Havemann im Zimmer und rief: „Habt ihr Urlaub, oder warum steht ihr nicht auf?" „Oh, wir … ich habe den Wecker nicht gestellt", gestand ich. „Kein Wunder, wenn man sich so betrinkt, und was ist das für ein fürchterlicher Geruch?" Sie musste wohl doch etwas mitbekommen haben von unserer nächtlichen Aktion auf der Treppe. „Nun macht mal schnell, das Frühstück steht schon auf dem Tisch und dann ab zur Arbeit, sonst gibt's Ärger, wenn sie euch holen kommen. Den Tag überstanden wir, jeder hing seinen Gedanken nach, Charly mit entsetzlichen Kopfschmerzen und ich mit einer Melancholie, welche mir völlig fremd war. Als wir abends gleich nach dem Essen auf unser Zimmer gingen, redeten wir lange über das Leben und das Sterben. Wir waren uns einig, dass wir den Teil, der dazwischen lag, bis zum letzten Atemzug auskosten wollten.

„Hast du dich verliebt?", wollte Charly wissen. „Du bist irgendwie so anders."

Nach einer Weile antwortete ich: „Ich weiß es nicht, mich hat nicht der Blitz getroffen, wenn du das meinst. Es ist ein ganz anderes Gefühl, so als ob wir uns schon kennen würden, ich fühle mich bei ihm so sicher und geborgen. Er ist sehr einfühlsam, er erinnert mich an meinen Vater." „Oh, dann ist es keine Liebe, dann ist es ein Vaterkomplex, davon hab ich schon gehört." „Red nicht solch einen Blödsinn, das ist, wenn der Mann, den man liebt, im biblischen Alter des eigenen Vaters ist." Oder hatte sie etwa recht? Nun, unsere beiden Seelentröster waren erst einmal durch ihren Einsatz von der Bildfläche verschwunden, vielleicht würde ich meine Gefühle in dieser Zeit ordnen können. Ich verfolgte alle Meldungen mit größter Anspannung und Wachsamkeit. Denn dieses Gefühl in mir wurde größer, fester und realer. Hinzu kam noch etwas: Angst. Ich hatte bislang nicht einmal Angst, im Dunkeln über unseren Hof zu gehen. Dieses Angstgefühl bezog sich auf einen Menschen, der von mir immer mehr Besitz ergriff, obwohl er gar nicht da war. Allmählich änderte sich meine Melancholie in eine Art Freude. Oder war es Vorfreude? Ich konnte es noch nicht in Worte fassen und so behielt ich es für mich. Charly ließ mich in Ruhe und stellte keine Fragen, sie verstand mich wohl. So vergingen die Tage und ganz langsam ging auch der wunderschöne Spätsommer in den Herbst über und es wurde kälter.

Eines Abends nach Dienstschluss verließen wir unser Gebäude, Charly hielt sich an meinem Ärmel fest und sagte: „Kneif mich mal!" Es folgte ein Freudenschrei und zwei Personen fielen sich in die Arme, es war ihr Eddi. Nachdem auch ich ihn umarmt hatte, verabschiedete ich mich schnell und ließ die beiden allein. Tränen liefen mir über das Gesicht, ich konnte kaum etwas sehen. Als ich unser Haus erreichte, schloss ich die Tür auf und wollte gerade die Treppe hinaufstürmen, als mich eine vertraute Stimme aus der Küche fragte: „Trinkst du eine Tasse Tee mit mir?" Es war Mutter Havemann, sie sah mich an, goss schweigend eine zweite Tasse ein und ich setzte mich zu ihr. „He, du siehst ja aus wie Braunbier mit Spucke, was ist denn mit dir passiert?" Da ich diesen Ausdruck noch nie gehört hatte, musste ich lachen. „Na, dann kann es nicht so schlimm sein, möchtest du es mir erzählen?" Da sie etwas besaß, was ich bei meiner Mutter immer vermisst habe, fiel es mir nicht schwer, ihr mein Herz auszuschütten. Es war bei ihr auch keine Neugier, weil sie nichts anderes um die Ohren hatte, ich war mir sicher, sie hatte durch ihr eigenes Schicksal und ihre Lebenserfahrungen Verständnis für viele Situationen. Und was noch sehr wertvoll war, sie hörte einfach nur zu, stellte keine Fragen zwischendurch und wartete, bis ihr Gegenüber sich alles von der Seele geredet hatte.

„Ich bin sicher, er kommt zurück", sagte sie, „daran musst du auch ganz fest glauben."

„Alles Weitere ergibt sich dann von ganz allein. Bei uns musste ich ja ein klein wenig nachhelfen, aber im Grunde spürt man, wenn es der Richtige ist."

Es dauerte auch nicht mehr lange und Charly kam ebenfalls nach Hause, tränenüberströmt und laut schluchzend. Ich sprang auf und bugsierte sie ebenfalls in die gemütliche

Küche,. Zwischen immer wieder aufkommendem Schluchzen und Schneuzen erfuhren wir, dass Eddi schon am nächsten Morgen einen neuen Einsatz fahren musste. Es wurden neue Truppentransporte mit verletzten Soldaten sowie Schiffe mit Vertriebenen aus den östlichen Gebieten erwartet und das Material wurde knapp, sodass die Fahrten immer länger und gefährlicher wurden. Die Alliierten bombardierten unsere großen Städte jetzt massiver und gezielter, sodass Leid und Elend immer größere Ausmaße annahmen. Da wir uns nun alle drei Sorgen um Menschen machten, die uns nahe standen, fühlten wir ein mächtiges Gefühl von Verbundenheit. Wir waren uns einig, dass diese Entwicklung leider nur in schlechten Zeiten die Möglichkeit hat, sich derart auszubreiten. Sie macht das Leid ein klein wenig erträglicher und zwar in dem Bewusstsein, dass in diesem schrecklichen Weltkrieg die gesamte Menschheit davon betroffen war. Tief in unserem Inneren war es nur ein Mensch, der ein Gesicht hatte, bei Mutter Havemann waren es drei, aber für sie und auch für alle anderen, die unsere Hilfe brauchten, wollten wir stark sein und auf das Ende dieses sinnlosen Krieges mit seinem menschenverachtenden Führer hoffen.

Am nächsten Tag begann unser Arbeitstag ganz normal mit der Frühschicht um 7.00 Uhr. Ich hatte gerade mit dem Dechiffrieren begonnen, als ich in das Büro von Fräulein Rabe gerufen wurde. Sie saß an ihrem Schreibtisch, blickte mich von oben bis unten strafend an und sagte in eisigem Ton: „Ein Telefongespräch für Sie." Ich bekam einen Riesenschrecken, denn ich dachte sofort an meine Familie. „Ihr Bruder." „Mein Bruder, wieso?" „Das müssen Sie mich nicht fragen, mir hat er nichts erzählt." Am Telefon stotterte ich nur ein„ Ja, hallo?" „Ich bin es, Klemens, ich habe mich als dein Bruder ausgegeben, sonst hätten sie dich wohl kaum ans Telefon geholt."

Mein Herz begann zu rasen, ich merkte, wie mir die Schamesröte von den Füßen hoch in mein Gesicht schoss, denn Fräulein

Rabe schaute mich zwar nicht an, hatte aber ihre Lauscher auf Empfang gestellt. „Hör mir jetzt bitte genau zu, wir sind heute Nacht hier angekommen und laufen heute irgendwann wieder aus, ich muss dich sehen." Es entstand eine kurze Pause. „Hast du mich verstanden?" „Ja", antwortete ich. „Du musst denen jetzt überzeugend erklären, dass dein Bruder für kurze Zeit im Hafen ist und für den nächsten Flüchtlingstransport heute noch wieder ausläuft." Um Fassung ringend, holte ich tief Luft und fragte: „Wo denn?" Er antwortete mit einer weiteren Order, nämlich gleich zu fragen, ob ich gehen könne, er würde mich dann am Eingang unseres Gebäudes abholen. Ich hielt den Hörer etwas zur Seite und erzählte Fräulein Rabe die Geschichte und wieder begann mein Herz fürchterlich zu rasen, denn ich bewegte mich auf ziemlich unsicherem Terrain. Ich glaubte in diesem Moment, Mitleid in ihren Augen zu erkennen, und sie sagte in einem fast liebevollen Ton: „Gehen Sie nur, Kindchen, wer weiß, ob Sie ihn noch einmal wiedersehen, aber in einer Stunde sind Sie zurück."

Klemens hatte alles gehört und wollte mich in zehn Minuten abholen, ich legte den Hörer auf. „Wissen Sie", begann Fräulein Rabe noch einmal, „ich habe auch einen Bruder, er ist in Frankreich, ich vermisse ihn so." Ich konnte nichts mehr sagen, denn nun hatte ich auch noch ein schlechtes Gewissen, ich hatte gelogen. Aber ich beruhigte mich damit, dass diese zu den Notlügen gehörte. Ich eilte zu Charly, um kurz zu berichten, und verließ so schnell ich konnte den Funkraum.

Als ich draußen im Eingangsbereich stand, brauchte ich nicht lange zu suchen, dort stand er am großen Tor unter der Laterne, Rauch einer Zigarette stieg in die kühle Winterluft auf. In diesem Augenblick schaute er zu mir herüber und ich rannte, so schnell ich konnte, denn er durfte unseren Funkbereich nicht betreten. Wir fielen uns in die Arme, drückten uns, dass ich kaum noch Luft bekam. Dann schob er mich ein klein wenig zurück, sah mir in die Augen, zog mich wieder zu sich heran und küsste mich. Mein erster Kuss, dachte ich. Es war wieder nicht so, wie ich es mir vorstellt hatte, viel romantischer bei Kerzenschein. Dieser Kuss drückte alles aus, Sehnsucht, unheimliche Freude und Befreiung von einer grenzenlosen Angst, den anderen nicht mehr wiederzusehen. Wir merkten beide, dass wir weinten, es war überwältigend, was da passierte. Als Erster hatte Klemens seine Fassung wiedergewonnen und sagte: „Ich hatte solche Angst, dass du vielleicht nicht mehr hier bist." „Angst um mich?", entgegnete ich. „Du warst einer viel größeren Gefahr ausgesetzt, wir sitzen hier doch hoch und trocken." Mir fiel auf, dass er sehr blass war, ich hatte das Gefühl, er sei dünner geworden. Als ich ihn darauf ansprach, meinte er, die Fahrt sei sehr anstrengend gewesen und mit den vielen Menschen an Bord habe die Verpflegung nicht so geklappt. Wir liefen ein kleines Stück Richtung Café Ewert, wo wir uns zuletzt gesehen hatten und blieben dort auch stehen. Die Tür stand offen, und in diesem Moment kam der Wirt heraus, um den Eingang zu säubern.

„Na, ihr zwei, was macht ihr denn schon so früh?", fragte er uns. Klemens erzählte ihm, dass er heute im Laufe des Tages wieder wegmüsse und wir beide uns noch einmal treffen dürften. Herr Ewert zögerte nicht lange und forderte uns auf: „Setzt euch mal in die warme Stube, ich mach einen heißen Kakao, aber ihr dürft mich nicht verraten, denn es ist noch geschlossen." Wieder war sie da, diese Verbundenheit fremder Menschen, die mit ein paar lieben Worten oder einer Geste Verständnis zeigten und halfen.

Dankbar nahmen wir das Angebot an und setzten uns in die hinterste Ecke des Cafés. Es dauerte auch nicht lange und wir bekamen unseren versprochenen Kakao, den Klemens aber kaum anrührte. Wir redeten über völlig belanglose Dinge und ich sah ständig auf die Uhr, denn ich hatte nur eine Stunde zur Verfügung, die bereits zur Hälfte vorüber war. Als es Zeit war, aufzubrechen, hielt mich Klemens am Arm fest und fragte: „Wartest du auf mich?" „Ja", krächzte ich, denn ich hatte einen Frosch im Hals vor lauter Verlegenheit, „ja, ich werde immer auf dich warten." „Bitte, schreib mir für alle Fälle deine Heimatadresse auf, falls du aus irgendwelchen Gründen nicht mehr hier sein solltest." Dann griff er in seine Tasche und holte ein Foto heraus, er schrieb noch etwas auf die Rückseite und gab es mir. Ohne es weiter anzusehen, nahm ich es und steckte es in meine Tasche. Wir bedankten uns beim Wirt und verließen das Café. Ohne ein Wort zu sprechen hielten wir uns an den Händen bis wir das große Tor des Funkgebäudes erreichten. Dort nahm er mich noch einmal in seine Arme, als wenn er mich nie wieder loslassen wollte und küsste mich zum Abschied. Wir konnten beide nichts mehr sagen, dann ließ er mich los, und ohne sich noch einmal umzudrehen verschwand er in Richtung Hafen. Da ich vor dem Wachposten nicht anfangen wollte zu heulen, lief ich schnell zu unserem Gebäudeteil, meldete mich bei Fräulein Rabe zurück und bedankte mich noch einmal sehr höflich für ihre Großzügigkeit. Wir sahen uns an und in ihrem Blick waren Mitleid und Anteilnahme zu erkennen, sie erhob sich von ihrem Stuhl, nahm mich in die Arme und flüsterte mir ins Ohr: „Es wird alles gut, wir müssen nur ganz fest daran glauben, das sind wir ihnen und letztlich auch uns schuldig." Es tat mir gut, ich wollte bemitleidet und bedauert werden, alle Welt sollte es wissen, wie traurig ich war. Was spielte es denn überhaupt für eine Rolle, ob für Bruder, Vater oder Geliebten, ich hatte kein schlechtes Gewissen mehr. Was wäre bloß, wenn er tatsächlich nicht mehr zurückkehrte, wenn ich ihn nie mehr wiedersähe? Ich war kaum in der Lage, einen klaren Gedanken zu fassen, und ging wie in Trance zu meinem Arbeitsplatz.

Charly erwartete mich bereits, sie hatte uns wohl beobachtet. „Na, wie war es denn mit deinem B r u d e r?" Sie zog das Wort extra in die Länge. „Halt einfach deine Klappe, ja?", zischte ich zurück. Ich konnte jedoch nichts weiter sagen, mein Hals war wie zugeschnürt. Dieser verdammte, verdammte Krieg, wie viel Leid mussten die Menschen noch ertragen? Ich verfluchte unseren größenwahnsinnigen Führer und seine Schergen, die sicher in ihren Bunkern hockten und ihre Befehle erteilten. Ich empfand eine überdimensionale Wut in mir, eine bisher nie da gewesene Regung, ich hätte alles kurz und klein schlagen können. „Ich hab es doch nicht böse gemeint", flüsterte Charly, „ich wollte dich nicht verletzen." „Schon gut, ich weiß, aber mein Leben steht völlig auf dem Kopf, ich bin außer mir vor Angst, dass er nicht mehr zurückkommt", raunte ich. „Na, den Vaterkomplex muss ich wohl revidieren, was ich hiermit feierlich tue, du bist richtig verknallt, stimmt's?" „Ja, das bin ich und ich will ihn wiederhaben. So, und nun lass uns arbeiten, sonst werde ich noch verrückt." Die nächsten Tage waren die Hölle für mich, ich hatte meine Augen und Ohren überall, in der Hoffnung, nie den Namen von Klemens' Schiff irgendwo zu lesen oder zu hören. Ich träumte schon von untergegangenen Schiffen.

Es waren genau zwei Wochen her seit unserer Trennung, als es passierte. Die Tsingtau war bei einem U-Boot-Angriff der Russen beschädigt worden. In großer Panik waren viele Menschen in das kalte Wasser der Ostsee gesprungen und ertrunken.

Das Schiff war überladen. Glück im Unglück war, dass sich im Geleitschutz zwei weitere Schiffe befanden, die nichts abbekommen hatten und Menschen aufnehmen konnten, um die Last des Schiffes auszugleichen. Die Motoren konnten wohl aus eigener Kraft weiterarbeiten. „In drei Wochen haben wir Heiligabend", sagte Charly, „das erste Weihnachtsfest ohne meine Familie, wird bestimmt komisch." Ich antwortete ihr nicht, denn nach Weihnachten war mir nun ganz und gar nicht zumute. Charly schien das gemerkt zu haben und versuchte mich zu trösten: „Warte erst einmal ab, der Besatzung ist bestimmt nichts passiert, die springen nicht einfach so ins Wasser, wenn das Schiff nicht untergeht, die sind doch geschult und auf alles vorbereitet." Ich wollte ihr so gerne glauben, aber hatte man die Situation richtig erkannt und alles richtig übermittelt? Wir konnten nichts tun, wir konnten nur warten auf die Rückkehr in unseren sicheren Hafen. Als wir abends unser Quartier erreichten, herrschte in der Küche großer Trubel. Der jüngere Sohn von Mutter Havemann, Norbert, war zurück, zwar nicht ganz unversehrt, aber er war da. Alle redeten auf ihn ein und freuten sich, nur er fühlte sich scheinbar vollkommen überfordert und sah recht hilflos aus, was sein Verband um Schulter und Arm noch unterstrich. Ich begrüßte ihn und freute mich mit seiner Mutter, ein großer Hoffnungsschimmer am dunklen Horizont, einer war wieder daheim. Man muss nur ganz fest daran glauben.

Gerade als wir uns auf unsere Zimmer zurückziehen wollten, klingelte es an der Haustür und da ich schon halb in der Küchentür stand, ging ich hin, um zu öffnen. Vor mir stand ein Marinesoldat und wünschte Fräulein Edda Bode zu sprechen. Mein Herz hörte für einen kurzen Augenblick auf zu schlagen und dann, als müsste es Anlauf nehmen, polterte es in unregelmäßigen Schlägen rasend schnell weiter. Ich hielt mich am Türrahmen fest und wollte sagen: „Das bin ich", aber es kam kein Laut hervor. Der junge Mann wiederholte die Frage. Erst beim zweiten Versuch, mein Herz hatte sich etwas beruhigt, gelang es mir, mich zu erkennen zu geben. „Ich habe einen Brief für Sie, schöne Frau." Mit zitternder Hand nahm ich ihn entgegen und schloss ganz langsam die Tür, um etwas hinauszuzögern, wovor in große Angst hatte. Mir fiel ein, dass ich mich nicht einmal bedankt hatte, und öffnete die Haustür erneut, aber es war niemand mehr zu sehen. Im diffusen Licht des Hausflures wagte ich einen Blick auf den Absender – Klemens Helmbold, Marinelazarett. Wenn er selbst als Absender vermerkt war, musste er hier sein, aber warum Lazarett, hatte er doch etwas abbekommen? Ich rannte hinauf in unser Zimmer, schmiss mich auf mein Bett und öffnete den Umschlag.

*Meine liebe Edda, entschuldige meine Handschrift, aber ich schreibe dir vom Bett aus, an das ich zurzeit gefesselt bin.*

*Ein Blinddarmdurchbruch ist daran schuld. Er hat somit auch verhindert, dass ich mit unserem Schiff ausgelaufen bin. Als wir uns verabschiedeten, bin ich direkt zu unserem Bordarzt, weil es mir sehr schlecht ging. Dieser hat mich sofort in das Lazarett bringen lassen, auf dem Weg dorthin wurde ich ohnmächtig vor Schmerzen. Nach der Notoperation stand es nicht gut um mich, denn die gesamte Bauchhöhle hatte sich entzündet. Heute hat man mir erlaubt, dir eine Nachricht zu schicken. Kannst du zu mir kommen? Das Lazarett liegt am anderen Ende der Stadt. Du weißt doch, wie man hinkommt? Ich warte auf dich.*

*Klemens*

Mein Herz machte einen Sprung. Klemens lebte! Und er war hier! Ich war so erleichtert. Da es mittlerweile nach 20.00 Uhr war, durften wir nicht mehr auf die Straße, wegen bevorstehender Luftangriffe. Ich war total aufgeregt, weil ich jetzt nichts tun konnte, nichts für Klemens und auch nichts für mich. Aber die Hauptsache war doch, dass er lebte und die Gefahr für's Erste gebannt war, so schien es zumindest. Wir hatten Schichtwechsel und brauchten am nächsten Tag erst um 12.00 Uhr zum Dienst erscheinen, sodass ich gleich morgens zum Lazarett fahren wollte. Mutter Havemann musste mir ihr Fahrrad borgen. Zu Fuß würde ich es nicht bis zum Dienstantritt schaffen. Also lief ich noch einmal hinunter in die Küche und bat sie um diesen Gefallen. „Lass es dir aber bitte nicht stehlen, du siehst, es wird immer wieder gebraucht", rief sie mir hinterher, während ich schon wieder auf dem Weg nach oben war. Charly kam hinter mir her, um zu erfahren, was denn eigentlich los sei und warum diese Hektik. Ich sagte nichts, sondern zeigte ihr den Brief. „Sei froh, es geht ihm schon wieder besser und er ist hier. Eine Nachricht von meinem Eddi ist längst überfällig!" Sie hatte recht und ich konnte froh sein. Sicherlich bräuchte er noch eine ganze Zeit, um sich wieder zu erholen und das wiederum bedeutete: keine Fronteinsätze.

Meine Stimmung änderte sich schlagartig und ich fühlte Dankbarkeit und Freude.

Trotz Aufregung schlief ich sehr gut und Charly ließ es sich nicht nehmen, mit mir zu frühstücken, obwohl sie noch Zeit zum Schlafen gehabt hätte. Aber außer Kaffee wollte nichts so recht schmecken und ich beließ es dabei. Ich verabschiedete mich, schnappte das Fahrrad, das schon auf mich wartete, und fuhr an das andere Ende der Stadt.

Es waren viele Sanitätsfahrzeuge auf der Straße, offensichtlich Truppentransporte mit verletzten Soldaten. Als ich im Lazarett ankam, bahnte ich mir einen Weg zur Anmeldung. Überall standen, saßen und lagen verletzte Menschen auf den Gängen, jeder freie Platz war ausgefüllt. Es war ein grauenvoller, trauriger Anblick und ich fragte mich wie schon so oft, wofür das alles gut sein sollte.

Wie viele junge Männer, die das Leben, genau wie ich, noch vor sich hatten, würden dieses Haus gar nicht oder verkrüppelt verlassen? Sie hatten für imaginäre Ideologien gekämpft, an etwas geglaubt, was wie eine Seifenblase zerplatzt war. Physischer Schmerz gepaart mit Enttäuschung und der Erkenntnis, für etwas vollkommen Irreales benutzt worden sein, spiegelte sich in jedem dieser Gesichter wider. Tief in ihrem Innersten schlummerte noch etwas, die traumatischen Erlebnisse, die nicht so offensichtlich waren wie ein zerfetzter Arm oder erfrorene Füße, aber mindestens ebenso bedrohlich. Ich betete dafür, dass die Verantwortlichen einer gerechten Strafe zugeführt werden würden, denn dieser Anblick menschlichen Leides war nur ein ganz kleiner Bruchteil dessen, was dieser Krieg hervorbrachte.

Zwei Schwestern, die sich um einen Schwerstverletzten kümmerten, der ständig nach seiner Mutter rief, fragten mich, während sie ihre Arbeit fortsetzten, ob ich zu ihrer Unterstützung gekommen sei, was ich verneinte. Ich schilderte kurz mein Anliegen und sie schickten mich an das andere Ende des Ganges in den rechten Teil, dort lagen die Männer, die außer Lebensgefahr waren. Mein Vorhaben wurde immer wieder unterbrochen, weil von mir Hilfe erwartet wurde, die ich den Kranken nicht geben konnte. Endlich erreichte ich den beschriebenen Bereich und von der gegenüberliegenden Seite hörte ich Schreie, die nicht mehr an einen Menschen erinnerten. In diesem Augenblick kamen zwei Männer, es waren wohl Ärzte, vielleicht auch Sanitäter, von oben bis unten mit Blut bespritzt hinter einem Vorhang hervor und hatten ein Bein in der Hand. Ich merkte zu spät, dass mir übel wurde und ich erbrach mich auf der Stelle, wo ich wie festgenagelt stehen geblieben war. Ich starrte die Männer weiter an, ohne mich zu säubern oder überhaupt zu reagieren. Erst als einer der beiden zu mir sagte: „Daran werden Sie sich gewöhnen müssen, wenn Sie hier arbeiten wollen", kam ich zu mir. Ich weiß nicht, wie lange ich dort noch gestanden habe, jedenfalls wurde ich erneut gefragt, ob ich eine von den neuen Hilfsschwestern sei. Ich drehte mich um und sah in das Gesicht eines Sanitäters, der lauter blutiges Zeug im Arm hatte. Mir drehte sich wieder der Magen um und ich zeigte auf den Boden, was er jedoch gar nicht zur Kenntnis nahm. Ich fragte ihn nach dem geplatzten Blinddarm und er lächelte, als er mir mit seinem Kopf ein Zeichen gab. „Der liegt dort drüben und scheucht schon wieder unsere Schwestern", ich spürte einen kleinen Stich in der Magengegend.

Als ich den mit Laken unterteilten Bereich betrat, schlug mir ein Geruch von Desinfektionsmitteln, körperlichen Ausscheidungen und verbrauchter Luft entgegen, sodass ich mich kaum traute, Luft zu holen, weil ich Angst hatte, mich wieder übergeben zu müssen. Während ich noch überlegte, ob ich hinter jedes Laken schauen müsste, hörte ich eine eher zaghafte Stimme: „Haben wir uns so lange nicht gesehen, dass du mich nicht wiedererkennst?" Erschrocken drehte ich mich um, tatsächlich lag Klemens im ersten Bett und ich hatte ihn übersehen. Nicht nur seine Stimme war anders, auch sein Äußeres gab nichts von dem Menschen wieder, den ich verabschiedet hatte. Blass und klein war sein Gesicht, die Kraft zum Aufrichten hatte er noch nicht. Ich beugte mich hinunter und nahm ihn ganz fest in meine Arme, mir fehlten die richtigen Worte. „Du könntest wenigstens sagen, dass du dich freust, mich zu sehen", forderte er mich auf. „Ich bin überglücklich, unbeschreiblich glücklich, dich in meinen Armen halten zu dürfen, ich hatte Angst wie noch nie in meinem ganzen Leben." Meiner Frage, ob er auch wirklich auf dem Wege der Besserung sei, kam er mir mit einer Frage zuvor. „Willst du mich heiraten? Ich denke, es könnte ganz nett werden mit uns beiden, meinst du nicht auch?" Und ob ich das meinte, da ich aber nicht antwortete, denn es hatte mir die Sprache verschlagen, fügte er hinzu: „Du kannst es dir ja noch überlegen, oder hast du in der Zwischenzeit jemanden kennengelernt?" „Einen anderen Mann? Du bist nicht bei Trost, ich kann keinen klaren Gedanken mehr fassen vor Sorge um dich. Ich habe gar keine Zeit für jemand anderen, sag so etwas nie wieder. Ja, ich will dich heiraten, ich will mein Leben mit dir verbringen, lass mich nie wieder allein, hörst du?" „Das Letzte kann ich dir nicht versprechen, aber in denke, wenn dieser Krieg vorbei ist, lässt es sich einrichten, dass uns beide nichts und niemand wieder auseinanderbringt.

Liebe Edda, ich muss dir leider noch etwas Beunruhigendes sagen, ich habe ein Telegramm erhalten, meinem Vater geht es nicht gut und ich muss nach Hause in unser Dorf. Nur mein Gesundheitszustand lässt es noch nicht zu, und ich weiß auch nicht, wie ich dort hinkommen soll, auf die Züge ist kein Verlass mehr. Sobald es mir einigermaßen geht, werde ich versuchen, mich Transporten anzuschließen."

Da ging es schon wieder los. Würde es denn niemals aufhören, diese ständige Sorge um Menschen, die man liebt? „Weißt du, irgendwie wirst du es schon schaffen, da bin ich mir ganz sicher", sagte ich. Ich wusste nicht, ob ich mir den Mut zusprach oder Klemens, jedenfalls drückte er dankbar meine Hand. „Ach, übrigens, morgen ist Heiligabend, irgendwie komisch", versuchte ich das Gespräch umzulenken. „Ganz schön traurig, was?" fragte er. „Aber du lebst und du wirst wieder gesund, das ist für mich das schönste Geschenk, mehr will ich nicht", flüsterte ich ihm ins Ohr. „Wenn Gott es will, werden wir alles nachholen, und dann haben wir noch viele Weihnachtsfeste in Frieden, auf die wir uns freuen können."

Ein Blick auf meine Uhr sagte mir, dass unsere Zeit für heute beendet war und ich gleich meinen Dienst anzutreten hatte. „Ich komme morgen zur gleichen Zeit wieder", versprach ich ihm und küsste ihn auf seine Stirn. Es musste ihn doch wohl ziemlich angestrengt haben, denn seine Blässe war einer unnatürlichen Fieberröte gewichen.

Ich sagte aber nichts dazu und wünschte ihm, dass er schnell gesund würde, um seinen Vater zu besuchen. Mit Mühe konnte ich meine Tränen zurückhalten, bis ich wieder auf dem Flur stand. War dieser vorher schon total überfüllt gewesen, war nun an ein Durchkommen überhaupt nicht mehr zu denken. Mühsam kämpfte ich um jeden Zentimeter, denn die Zeit drängte. Mit jedem Schritt zeigten sich mir neue, unbeschreibliche Qualen, die Menschen abverlangt wurden. Verzweiflung machte sich breit, Hilflosigkeit, denn alle Kräfte reichten nicht aus, um eine ausreichende Versorgung zu gewährleisten.

Wenn meine Zeit als Funkerin im neuen Jahr endete, würde ich mich als Hilfsschwester ausbilden lassen, um diesen Menschen zu helfen, das Versprechen gab ich mir hier und jetzt. Ich war mir sicher, dass ich diese Bilder mein ganzes Leben nicht vergessen würde. Ich hoffte, dass alle Überlebenden den kommenden Generationen davon erzählen würden, als Mahnmal, nie wieder einen Krieg anzufangen. Aber der 1. Weltkrieg war doch noch gar nicht so lang her, hatte die Menschheit denn nichts daraus gelernt? Wie so viele Fragen blieb auch diese unbeantwortet.

Ich schaffte es nicht mehr, das Rad zurückzubringen und so beschloss ich, direkt zur Funkstation zu fahren, als plötzlich die Sirenen begannen. Alles um mich herum reagierte, die Menschen fingen an zu schreien und zu rennen, Fahrzeuge hupten, als ich ihnen begegnete, denn der Bunker befand sich in der entgegengesetzten Richtung, Ich beschloss, nicht dorthin zu fahren, sondern in unseren Luftschutzkeller der Funkstation. Ich wollte bei Charly sein und der Weg war fast genauso weit.

Als ich den Wachposten passierte, winkte er mich durch und ich brauchte meinen Ausweis nicht vorzuzeigen. Ohne zu überlegen trug ich das Rad die Stufen mit hinauf, stellte es in den großen Flur und lief, so schnell ich konnte, hinunter in den Keller. Die Tür war bereits geschlossen und ich hämmerte kräftig dagegen, dann wurde geöffnet und ich konnte hinein. Charly rief mich und hob ihre Hand, damit ich sie schneller erkennen konnte. Mein Herz tat einen Sprung und dankbar setzte ich mich neben sie, wortlos drückte sie meine Hand. „Schön, dass wir beide zusammen sind, nicht wahr?" „Hm, finde ich auch", flüsterte sie, „ich hab dich richtig lieb."

Als die Entwarnung kam, gingen wir ein wenig entspannter an unseren Arbeitsplatz. Auf dem Weg dorthin berichtete ich kurz von meinen Erlebnissen. „Wenn es dir recht ist", fragte mich Charly, „begleitete ich dich morgen Früh." Ich willigte sofort ein, denn wie heißt es doch so schön? _Geteiltes Leid ist halbes Leid, und Geheimnisse hatten wir nicht.

Am nächsten Morgen stellten wir beide fest, dass uns ein Fahrrad fehlte, aber anscheinend war Mutter Havemann auf alles vorbereitet und zauberte ein zweites Rad aus dem Hut. Dankbar machten wir uns auf den Weg zum Lazarett. Da ich Charly so gut es ging vorbereitet hatte auf das, was sie dort erwarten würde, war sie wohl nicht ganz so verstört. Aber die Lage hatte sich auch dort etwas entspannt und es hatte keine weiteren Neuzugänge gegeben. Es waren offensichtlich nicht mehr genügend Betten vorhanden, sodass provisorische Lager auf den Fußböden errichtet werden mussten. Aber alle Patienten schienen versorgt, wenn auch notdürftig, und es war irgendwie unheimlich still, es war der Heilige Abend 1944. Vielleicht würden ja ab heute keine Bomben mehr fallen und der Krieg wäre beendet, vielleicht.

Wir erreichten jetzt mühelos den hinteren Gang und fanden unseren Patienten, der heute aufrecht in seinem Bett saß. „Na", sagte Charly, „wie geht es uns denn heute?" „Wie es euch geht, weiß ich nicht, aber mir geht es schon besser, allmählich bekomme ich wieder Appetit, es wird aber auch Zeit, der Arzt meint, in einer Woche könnte ich vielleicht nach Hause." „Du wirst schon wieder, und deinem Vater geht es bestimmt wieder besser, glaub es mir", sagte ich, als ich mich zu ihm beugte und einen Kuss auf seine Stirn drückte. Wir hatten Klemens etwas Obst mitgebracht, was er jedoch dankend ablehnte, da er noch sehr vorsichtig sein müsse. Wieder verging die Zeit wie im Flug und wir mussten zurück an unseren Arbeitsplatz. Draußen empfanden wir ebenfalls eine Stille, die sehr beruhigend auf uns alle wirkte. Ein paar von den Schwestern und Sanitätern standen im Eingangsbereich und rauchten genüsslich eine Zigarette, sie hatten sich diesen Luxus redlich verdient.

Als wir unser Dienstgebäude erreichten und uns bei Fräulein Rabe meldeten, bat sie mich noch einmal zurück und fragte mich, ob wir nicht unsere spätere Pause mit ihr zusammen verbringen wollten, Charly sei ja meine Freundin und solle auch mitkommen. Völlig überrascht willigte ich ein und erzählte Charly gleich davon. „Sieht ganz nach einer neuen Freundin aus", was mir einen Stich in meine Magengrube gab. Ich blickte in Richtung ihres gläsernen Büros. Just in diesem Moment erhob sie ebenfalls ihren Kopf und sah mich mit ihren großen Augen erwartungsvoll an. Ein Hauch von Lächeln huschte über ihr Gesicht. Ich ging in die Offensive und sagte kurz angebunden: „Du bist ja eifersüchtig. Wer weiß, warum sie solch eine dicke Mauer um sich geschaffen hat, hast du dir schon einmal überlegt, wie alt sie ist?" „Nein, wieso? Interessiert mich auch nicht." „Mich aber", entgegnete ich, „ich schätze sie auf Anfang bis Mitte 40, also hat sie bereits den 1. Weltkrieg miterlebt." „Worauf willst du hinaus?", fragte Charly.

„Stell dir mal vor, da war sie in dem Alter wie wir jetzt und hat auch jemanden geliebt genau wie wir, nur vielleicht ist er n i c h t zurückgekommen. Sie legt doch immer noch Wert auf das F r ä u l e i n ." Spöttisch entgegnete Charly: „Deine Fantasie geht mit dir durch, das ist ein Blaustrumpf." „Ein Blaustrumpf, was ist denn das?" „Ganz einfach, die hat keinen mehr abgekriegt und jetzt ist sie neidisch auf alle jungen Mädchen, die noch eine Chance darauf haben." Ich war entsetzt, wie sie so denken konnte und setzte mir beleidigt die Kopfhörer auf. Sie erhob sich und schob das Teil von meinem linken Ohr zur Seite. „Aber wenn es dich beruhigt, ich bin nicht eifersüchtig und ich werde dich begleiten." Ich rang mir ein Lächeln ab, schaute sie dabei aber nicht an.

Um 17.00 Uhr schauten wir uns allerdings gleichzeitig an, wie wir schon so oft in unserem Leben gleichzeitig Dinge getan oder ausgesprochen hatten, es war ganz sicher eine Seelenverwandtschaft.

Fräulein Rabe sah uns kommen und öffnete ihre Tür. Sie bat uns, Platz zu nehmen, während sie eine Kerze anzündete. Auf dem Tisch standen 3 Kakaobecher und in einer Schale lagen ein paar Kekse, es war richtig gemütlich. Als sie sich nach meinem Bruder erkundigte, beschloss ich ganz spontan, ihr die Wahrheit zu sagen. Fräulein Rabe nahm die Brille ab und lächelte mich an, „Ich weiß", sagte sie und ließ es dabei bewenden. „Von meinem Bruder habe ich leider immer noch keine Nachricht, er ist doch der einzige Mensch auf der Welt, den ich noch habe." Charly überwand sich und fragte: „Haben Sie keine Eltern und auch keinen Freund?" „Meine Eltern sind beide im ersten Weltkrieg umgekommen", sagte sie traurig, „und von meinem Verlobten habe ich nie wieder etwas gehört. Seine Einheit kämpfte in Frankreich an der Somme und da er Waise war, konnte auch keiner benachrichtigt werden. Ich habe viele Jahre auf ihn gewartet."

Nach einer kurzen Pause fuhr sie fort: „Wenn ich ehrlich bin, warte ich immer noch, ich hab es ihm versprochen, nein, wir haben es uns versprochen. Nun, ich will es mal so ausdrücken, jetzt wartet er dort oben auf mich." Ihre Augen machten eine entsprechende Bewegung. Charly sagte mit leiser Stimme: „Das ist ein Déjà-vu, so als habe mir jemand", dabei schaute sie mich schräg von der Seite an, „diese Geschichte schon einmal erzählt." „Ein De-was?", fragte ich. „Na, sag ich doch, jemand hat mir diese Geschichte schon einmal erzählt", und dabei schaute sie mich direkt an.

„Gestatten Sie mir noch eine letzte Frage", fing Charly wieder an, „wann sind Sie geboren?" Lächelnd erwiderte sie: „Am 24. Dezember 1900." „Dann haben Sie heute Geburtstag", wir standen auf und gratulierten ihr. Sie hatte zwar einen herben Gesichtsausdruck, aber ohne Brille und mit einem freundlichen Lächeln, fanden wir später, sähe sie richtig interessant aus, ihre Figur war traumhaft, direkt knabenhaft.

Als wir später wieder an unserem Arbeitsplatz saßen, waren wir uns einig, niemals vorschnell über einen Menschen ein Urteil zu fällen. Die dicke Mauer um Fräulein Rabe war doch sehr fragil und Charly und ich hatten ein kleines Schlupfloch entdeckt.

Am Ende unserer Schicht erwartete mich noch eine Überraschung von Charly. „Was meinst du, ob sie Lust hat, noch ein wenig mit zu uns zu kommen? Ich fände es grässlich, wenn sie an ihrem Geburtstag allein in ihrer Butze sitzt und die Wände anstarrt." „Du bist ein richtiger Schatz! Komm, wir werden sie fragen." Fräulein Rabe verließ ihr Büro, denn nun wurde auch sie abgelöst und Charly unterbreitete ihr unseren Vorschlag. Ohne zu überlegen, willigte sie ein. Da sie eines der wenigen Zimmer im Gebäude bewohnte, bat sie uns, kurz auf sie zu warten, sie habe noch etwas zu erledigen.

Wir wollten uns am großen Haupttor treffen und Charly und ich gingen schon einmal voraus. Es hatte ein klein wenig angefangen zu schneien und Bäume und Straßen sahen aus, als seien sie mit Puderzucker bestäubt. „Was glaubst du", fragte Charly, „ob unsere Männer an uns denken und unsere Familien?" „Sicherlich, genauso wie wir es auch tun." Wir hörten Schritte und drehten uns um, Fräulein Rabe war im Anmarsch. Fräulein Rabe, war sie es wirklich? Sie hatte ihren Dutt gelöst, sodass sich eine gewaltige Lockenpracht auf ihren Schultern verteilt hatte, und ihre Brille war nirgends zu sehen. Fröhlich drängte sie sich zwischen uns und hakte sich bei uns ein. Wir spürten in diesem Moment ein wunderbares Gefühl, nämlich uns gegenseitig beschenkt zu haben mit Dingen, die man nicht kaufen muss, Geborgenheit und Vertrauen.

Mutter Havemann, ihr Sohn Norbert und die Mädels, die keinen Dienst hatten, saßen schon in der gemütlichen Küche und freuten sich, uns zu sehen. Charly rief in die Runde: „Fröhliche Weihnachten! Wir haben das Christkind gleich mitgebracht, das ist Fräulein Rabe und die hat heute Geburtstag." Ich glaubte, das war Charlys Entschuldigung dafür, dass sie solch hässliche Bemerkungen gemacht hatte. Nachdem der offizielle Teil beendet war und Wünsche sowie Gratulationen ausgesprochen waren, öffnete Fräulein Rabe ihren Hin- und Herbeutel, wie wir ihn nannten, da sie nie ohne ihn unterwegs war, und zauberte zwei Flaschen Sekt hervor. Nachdem Norbert seinen Blick e n d l i c h von ihr gelöst hatte – ich beobachtete ihn schon eine ganze Weile amüsiert – bot er sich an, Gläser für uns zu holen. Da er seinen Arm aber noch nicht voll wieder einsetzen konnte, sagte seine Mutter: „Bleib nur sitzen, mein Junge, ich mach das schon." Fräulein Rabes Blick ging auch auffallend oft in die Richtung, wo Mutter und Sohn saßen.

Unsere Versorgungslage war bislang immer noch sehr gut, da unsere Unterkunft zu den externen Dienstgebäuden zählte und wir hier auch verpflegt werden mussten. Somit hatte unsere Ersatzmutter durch geschicktes Planen für den heutigen Abend allerhand leckere Sachen aufgespart und zusammengestellt. Sie war immer auf alles vorbereitet, eine bemerkenswerte Frau. Irgendwann hörten wir die Kirchturmuhr schlagen und uns wurde bewusst, dass es bereits Mitternacht war. Keine Sirene, kein Angriff hatten die Heilige Nacht gestört. Fräulein Rabe meinte nur: „Oh, mein Gott, ich kann jetzt wohl nicht mehr in meine Unterkunft, ich habe vollkommen die Zeit vergessen, weil ich mich seit langem nicht mehr so wohlgefühlt habe." „Das ist überhaupt kein Problem", übernahm Charly wieder die Führung, „wir haben in unserem Zimmer noch eine Couch und ein paar Decken, verboten sind in diesem Hause nur Herrenbesuche", und sie zwinkerte dabei Mutter Havemann zu, von der auch keine Einwände kamen. Wir hatten wohl alle einen kleinen Schwips, denn die Stimmung war recht ausgelassen.

Nachdem wir am nächsten Morgen, es war der 1. Weihnachtstag, zusammen gefrühstückt hatten, gingen wir alle unserer Wege. Ich wollte meinen letzten freien Vormittag bei Klemens im Lazarett verbringen, bevor sich der Dienst wieder änderte. Charly half in der Küche beim Aufräumen und Norbert wollte ein wenig frische Luft schnappen, als Fräulein Rabe sich für alles bedankte und zu ihrer Unterkunft aufbrach. Seine Mutter lächelte zufrieden, als sie sagte: „Vielleicht kann sie ihn wieder ins Leben zurückholen, ich wünsche es ihm so sehr." Vielleicht gab es doch noch eine Fügung, sie sollte ihren Verlobten nicht vergessen, aber das Leben hatte für sie vielleicht auch noch etwas anderes parat, als auf den Tod zu warten. Als ich mich auf mein Fahrrad setzte, blickte ich noch einmal kurz in ihre Richtung. Hatte er sich bei ihr untergehakt oder sie sich bei ihm oder stützte sie ihn, wen ging es etwas an?

Die Genesung meines Sorgenkindes machte große Fortschritte. Als ich kam, stand er an seinem Bett und lief ein paar Schritte. Einerseits freute ich mich, andererseits bedeutete es auch, dass wieder mal ein Abschied bevorstand, ich versuchte es zu verdrängen und begrüßte ihn freudestrahlend. Er breitete seine Arme aus und ich kuschelte mich ganz eng an ihn. „Zum Jahreswechsel werde ich wahrscheinlich entlassen, dann kann ich endlich zu meiner Familie. Ich bin so in Sorge." „Ja, mein Lieber, ich glaube es dir." „Vielleicht können wir Silvester noch zusammen verbringen, was meinst du?", fragte er vorsichtig, da er meinen Dienstplan nicht kannte. „Es wäre mir eine Freude, denn mein Dienst endet um exakt 19.00 Uhr. Kann mich Ihr Fahrer abholen?" „Das lässt sich einrichten, Gnädigste." Wir beide fingen laut an zu lachen, sodass alle zu uns herüberschauten. „Darf ich euch meine zukünftige Frau vorstellen, ist sie nicht wunderschön?" Es war mir peinlich und ich bekam einen roten Kopf.

Die Tage zwischen den Jahren vergingen wie im Flug und Klemens' Genesung war so weit fortgeschritten, dass einer Entlassung zum 31. Dezember nichts mehr im Wege stand. Er hatte in Erfahrung gebracht, dass am 1. Januar des neuen Jahres ein Versorgungstransport Richtung Frankfurt Oder starten sollte, und dem wollte er sich anschließen, eine Genehmigung hatte er bereits in der Tasche. „Hast du eine Idee, was wir Silvester machen können?", fragte er mich. Und ob ich die hatte! „Wir haben bei uns im Haus eine Feier und du als mein Bruder bist herzlich eingeladen." „Na prima, dann hätten wir dieses Problem auch schon wieder gelöst." Wir verabredeten uns für 20.00 Uhr in unserer Unterkunft.

Bei uns in der Dienststelle wurde die Kantine für die dienstfreien Mitarbeiter hergerichtet und Charly drängelte schon, als ich ihr sagte, dass ich nicht mitkommen würde. Völlig verdutzt schaute sie mich an, fragte aber nicht, sondern sagte nur: „ Pass gut auf dich auf." „Ja, das werde ich." Wir nahmen uns in die Arme und wünschten uns für das neue Jahr Gesundheit und Frieden auf Erden. Ich lief schnell zu einem Fahrzeug, welches mich nach Hause bringen sollte. Auch in den vergangen Tagen war es auffallend ruhig gewesen, fast beängstigend. War es die Ruhe vor dem Sturm oder hatten die großen Mächte etwa Respekt vor solchen bedeutsamen Tagen wie Silvester oder Weihnachten?

Als ich unser Haus erreichte, stand schon jemand vor der Tür und wartete. Ich stieg aus, bedankte mich und wünschte dem Fahrer ebenfalls alles Gute für das neue Jahr.

„Was ist denn hier los, oder besser gesagt, nicht los? Feiert ihr im Hinterhaus? Es ist alles dunkel." Wortlos zog ich ihn hinter mir her, die Treppe hinauf und drängte ihn schnell in unser Zimmer. Jetzt fehlten ihm wohl die Worte.

„Also", begann ich, „um es kurz zu machen. Mutter Havemann und Sohn sind bei Bekannten in der Stadt, alle Mädels, die Dienst haben, haben Dienst, und alle bis auf eine, die keinen Dienst hat, feiern bei uns in der Kantine, alles klar? Irgendwelche Fragen oder Einwände können morgen schriftlich mit 3 Durchschlägen vorgelegt werden. Ach, und übrigens, unsere kleine private Feier findet hier statt, Ende der Durchsage!"

Wir stellten uns beide an das Fenster und blickten hinaus in die Silvesternacht. Im Zimmer war es dunkel, ich spürte Klemens' Atem in meinem Nacken und ganz vorsichtig umschlang er mich mit seinen Armen und drehte mich zu sich herum. Behutsam küsste er mich zuerst auf Stirn, auf die Augen und dann auf den Mund. Mein Herz begann zu schlagen, plötzlich erfasste mich Unbehagen vor dem, was jetzt folgen würde. Ich hatte überhaupt keine Ahnung, auf was ich mich einließ. Warum musste ich mich just in diesem Moment an die mahnenden Worte meiner Mutter erinnern? Klemens bemerkte es und fragte: „Hast du Angst?" „Ich weiß nicht, ob man es als Angst bezeichnen kann, aber ich hab es noch nie gemacht, wenn du verstehst, was ich meine. Ich hab mir immer gedacht, wenn ich es tue, dann mit dem Mann, mit dem ich für immer zusammen sein will." Nach einer kurzen Pause antwortete er fast ein wenig traurig: „Ich dachte, das hätten wir bereits geklärt." „Ja, ich will mit dir zusammen mein Leben verbringen, ich liebe dich über alles, und ich will es jetzt." Klemens sagte daraufhin: „Ich liebe dich von dem Tag, als du mir am Hafen begegnet bist, ich habe seitdem keine ruhige Minute mehr, ich muss immer an dich denken. Ich möchte dich so schnell wie möglich heiraten." Wir hielten uns eng umschlugen und ich fühlte mich in diesem Moment geborgen und beschützt, so wie ich es gewohnt war. „Meine Kleine", sagte Klemens, „da wir deine Bedenken nun aus dem Weg geschafft haben, sollst du aber nur das tun, was du auch tun willst, verstehst du mich? Du sollst in deinem Leben vor nichts und niemandem mehr Angst haben, denn Angst hat man uns in dieser Zeit gelehrt, die wollen wir uns nicht noch gegenseitig machen. Ich werde immer für dich das sein, was du dir gewünscht hast." Ich hatte das Gefühl, zu schweben, und eine Welle des Glücks überkam mich, Tränen liefen über mein Gesicht. Klemens hob mich hoch und trug mich die wenigen Schritte zu meinem Bett. Wir begannen, uns gegenseitig auszuziehen und plötzlich konnte ich es kaum noch erwarten, mit ihm zu schlafen.

Ich wollte ihm den Beweis geben, dass er der Mann meines Lebens war. Für ihn war es offensichtlich nicht das erste Mal, aber daran wollte ich jetzt keinen Gedanken mehr verschwenden. Wir bewegten uns in einem Rhythmus, küssten uns und plötzlich wirbelte uns eine Explosion fast gleichzeitig auf einen Gipfel, der so einzigartig und neu für mich war. Vollkommen überwältigt lag ich mit meinem Kopf auf seiner Brust. Es war ein berauschenden Gefühl, so etwas zu erleben. Wir lagen nebeneinander, als wir plötzlich Stimmen im Hausflur hörten. „Oh, mein Gott, wie spät ist es? Sie sind schon wieder da." Klemens knipste die kleine Nachttischlampe an und schaute auf seine Uhr, „2.30 Uhr." Wir hatten den Jahreswechsel verpasst. „Ein gesundes neues Jahr in Frieden." „Ja, ja", sagte ich voller Panik, „das wünsche ich dir auch, aber nun mach schon, zieh dich an." Ich hatte den Satz kaum beendet, als wir Getrampel auf der Treppe vernahmen. Da unsere Tür jedoch nicht geöffnet wurde, konnten wir davon ausgehen, dass Charly noch unten in der Küche geblieben war. Ich beruhigte mich ein wenig und wir zogen uns beide eilig an. „Am besten wird es sein, wir treten die Flucht nach vorne an", meinte Klemens, „wir gehen jetzt einfach hinunter und ich werde sagen, dass ich mich von dir verabschieden wollte." In diesem Augenblick erfasste mich erneute Panik, ja, es war wieder ein Abschied. Wir klammerten uns aneinander, denn wir wussten nicht, wann wir uns wiedersehen würden. „Ich komme wieder, ich verspreche es dir", sagte Klemens, „ich habe bis jetzt in meinem Leben immer Glück gehabt. Du bist die Liebe meines Lebens und ich werde um dich und für dich kämpfen." Meine Kehle war wie zugeschnürt und ich musste tief Luft holen, sonst hätte ich wieder angefangen zu heulen. „Mein Liebster, ich werde auf dich warten, egal, wann du wiederkommst, pass gut auf dich auf." Er ging die Treppe hinunter und ich hatte mich oben an das Geländer gestellt, um zu hören, was er sagte. Aber noch ehe er die Küche betrat, ging ich wieder in unser Zimmer, weil ich nicht sehen wollte, wie er das Haus verließ. Ich hatte so schon das Gefühl, man hätte mir mein Herz herausgerissen. Auch stellte ich mich nicht an das Fenster, da ich Angst hatte, dass Klemens noch einmal zu mir hinaufblicken würde, ich hätte es nicht ertragen können. Als ich mich auf mein Bett gelegt hatte und in mein Kopfkissen heulte, ging die Tür auf und Charly betrat das Zimmer. Sie kam an mein Bett und streichelte meinen Kopf. „Wein nur, dann fühlst du dich besser", versuchte sie mich zu trösten. Als ich mich ein wenig beruhigt hatte, fragte ich sie: „Was denkst du, wird er wieder kommen?" „Der bestimmt, was der sich in den Kopf setzt, das führt er auch aus." Ich war dankbar, dass sie keine weiteren Fragen über den Abend stellte und mich in Ruhe ließ. „Hat Mutter Havemann gemeckert, als er in die Küche kam?" „Nee, die ist gar nicht mitgekommen, sie schläft bei ihrer Bekannten, die beiden haben doch tatsächlich einen über den Durst getrunken. Stell dir vor, Fräulein Rabe schläft heute Nacht hier bei uns im Haus, und nun rate mal, bei wem?? Nun, wie heißt das schöne Sprichwort? Wenn die Katze aus dem Haus ist, tanzen die Mäuse auf dem Tisch." „Ja?" sagte ich fragend, „das kenn ich überhaupt gar nicht, hab ich noch nie gehört." Da wir am nächsten Vormittag wieder Dienst hatten, legten wir uns ins Bett und beschlossen zu schlafen. Der Neujahrsmorgen verlief ruhig und wir saßen beim Frühstück in der Küche, als Norbert fröhlich pfeifend die Treppe herunterkam. Er wünschte uns ein gesundes neues Jahr und Frieden auf Erden, was wir nur erwidern konnten. Er setzte sich nicht wie gewöhnlich zu uns, sondern stellte einige Dinge auf ein Tablett und verließ uns wieder. „Nachtigall, ick hör dir trapsen", meinte Charly und alle Anwesenden grinsten nur. In diesem Moment ging die Tür und Mutter Havemann betrat das Haus. „Hallo", rief sie fröhlich, „ich bin wieder zu Hause", und schon stand sie in der Küche. Nachdem wir uns gegenseitig alles Gute gewünschte hatten, fragte sie nach Norbert. „Och", meinten wir fast alle gleichzeitig, „der schläft wohl noch."

Charly und ich verabschiedeten uns, holten die Mäntel und machten uns auf den Weg. Ein Sanitätsfahrzeug kam in diesem Moment um die Ecke und hielt direkt neben uns. Ein Soldat mit einem Brief in der Hand sprang heraus und fragte uns, ob es in unserem Haus eine gewisse Charly gäbe. Noch ehe Charly antwortete, entriss sie ihm die Mitteilung, erst dann sagte sie: „Das bin ich." Ein kurzer Gruß und das Auto verschwand genauso schnell, wie es gekommen war. Es war eine kurze Mitteilung von Eddi, es gehe ihm gut und sie solle sich keine Sorgen machen. „Gott sei Dank", rief sie erleichtert, „ich war so in Sorge, dieser verdammte, verdammte Krieg."

Erst jetzt bemerkten wir, wie voll die Straßen waren, überall Menschen, vorwiegend Mütter mit Kindern und Ältere. Dazwischen befanden sich Rote-Kreuz-Schwestern und auch einige Sanitäter, sie waren wohl auf dem Weg zu den großen Lagerhallen am Hafen, die zurzeit leer standen und ebenfalls auf bessere Zeiten warteten. Dort konnten sie sich, wenn auch nicht geheizt war, erst einmal vor Wind und Kälte geschützt aufhalten , bis über weitere Wege entschieden werden konnte. „Mein Gott", flüsterte ich, „was geschieht nur mit ihnen, wo finden sie ein neues Zuhause?" Wohin sollte das alles noch führen und wann sollte das alles vorbei sein? Wie sollte Klemens den Weg in seine Heimat finden, wenn offenbar die gesamte Bevölkerung aus den Ostgebieten, und dazu gehörte ja auch Schlesien, auf der Flucht vor der Roten Armee in den Westen war? Ich war froh, als wir unsere Funkstation erreichten und ich meine Gedanken in eine andere Richtung zu lenken hatte. Da Fräulein Rabe heute noch ihren freien Tag hatte, meldeten wir uns bei ihrer Vertretung zurück und begaben uns an unseren Arbeitsplatz.

Die Tage vergingen in einer gewissen Lethargie, was unsere Arbeit betraf. Aber jetzt kam zu der Angst und Ungewissheit, die mittlerweile ständige Begleiter unseres Alltags waren, etwas hinzu. Es war am 10. Januar 1945, als wir es gleich bei Diensttritt hörten: Die Stadt Swinemünde sollte geräumt werden. Die Russen waren auf dem Vormarsch und nicht mehr weit von der Oder entfernt, sodass in Kürze mit massiven Angriffen zu rechnen war. Nun wurde auch noch die Bevölkerung der Stadt von Panik erfasst, die Lage war einfach unbeschreiblich für alle. Wie auch schon in anderen Gebieten hatte man den Gedanken an Flucht bis zuletzt verdrängt, ja und auch, wie wir später erfuhren, verboten, um die Moral der deutschen Soldaten nicht zu schwächen. Es sollte um jeden Preis die Illusion des großen Endsieges vorgegaukelt werden, aber den Preis bezahlen mussten die vielen unschuldigen Menschen mit ihrem Leben und dem Verlust ihrer geliebten Heimat. Was verwundete Soldaten über die Grausamkeiten berichteten, die russische Soldaten den Menschen antaten, die es nicht mehr geschafft hatten, dem Ganzen zu entkommen, konnten wir einfach nicht glauben. Aber warum war unser Führer in diese Länder eingefallen, warum hatte er diesen Krieg angefangen? Darauf bekamen wir keine Antwort, denn laut durften wir diese Fragen nicht stellen. Wir hätten damit die Ideologie infrage gestellt, was Verrat an unserem Vaterland bedeutet hätte, und darauf stand die Todesstrafe. Viele, die mit Worten und Taten Widerstand leisteten, hatten schon mit ihrem Leben dafür bezahlt.

In dieser hektischen Zeit die Auflösung und den Abtransport der Mitarbeiter, der Verwundeten und letztendlich der unzähligen Flüchtlinge zu koordinieren, schien fast aussichtslos. Mittlerweile hatten wir die zweite Hälfte des Monats Januar erreicht, und wir hörten, dass die Flüchtlinge mit Schiffen über die Ostsee Richtung Kiel und Hamburg transportiert werden sollten. Sollte für uns dort noch eine Möglichkeit bestehen, würden wir vereinzelte Plätze bekommen. Parallel wurde versucht, einen

Konvoi mit Lastern und Sanitätsfahrzeugen zusammenzustellen. Den verwundeten Soldaten, die nur liegend transportiert werden konnten, war eine Fahrt auf dem Landweg nicht zuzumuten. Das größte Schiff, die Gustloff, lag bereits im Hafen. Offiziell konnte sie ca. 3500 bis 4000 Passagiere aufnehmen. Wir saßen wie auf einem Pulverfass, im wahrsten Sinne des Wortes, bei Mutter Havemann in der Küche, die sich strikt weigerte, ihre geliebte Stadt zu verlassen. Alles Zureden half nichts, da sie meinte, sie sei es ihrem Mann und dem zweiten Sohn schuldig, im Haus auf sie zu warten. Mit Norberts Hilfe schafften wir es dann aber schließlich doch, dass sie sich mit ihm zusammen auf den Weg zu ihrer in Hamburg lebenden Schwester vorbereitete. Fräulein Rabe wollte sich ihnen anschließen, da sie aus Kiel stammte, was wohl nur der eine Grund war, der andere war Norbert.

Charly und ich fühlten uns nun vollkommen überflüssig, es schien sich alles in Luft aufzulösen. „Was denkst du?", begann sie, „werden wir es alle schaffen, werde ich Eddi wiedersehen, wird Klemens ..." „Ja, ja, ja", unterbrach ich sie, „wir müssen nur ganz fest daran glauben, etwas anderes dürfen wir in unserem Kopf gar nicht zulassen, hörst du?" Es klang wie ein Befehl und vor Schreck blickte sie mich an, als ein paar Tränen über ihre Wangen liefen. „Du hast recht, schön, dass du bei mir bist. Was sollte ich nur ohne dich machen?" Da ich das Gleiche für sie empfand, stand ich auf, ging zu ihr und nahm sie in meine Arme. „Wir werden es schon schaffen, zusammen werden wir es schaffen, du wirst schon sehen, ich habe dich sehr, sehr lieb und ich brauche dich wie die Luft zum Atmen."

Am nächsten Tag, es war der 28. Januar 1945, mittlerweile hatten Bomben auch hier beträchtliche Schäden angerichtet, teilte man uns mit, dass wir am 29. Januar mit einem Überlandkonvoi reisen sollten. Da wir offiziell noch als Angehörige des Militärs geführt wurden, blieben wir mit unserem Koffer in der Funkstation und hatten somit auch den dazugehörigen Bunker zu nutzen. Von Mutter Havemann und ihrem Sohn hatten wir uns verabschiedet mit dem Versprechen, sie in Hamburg zu suchen, wenn alles vorüber sei. Sie war ebenfalls sehr traurig, denn auch sie hatte uns lieb gewonnen in dieser schweren Zeit. Beim Abschied erzählte sie uns noch, dass sie, Norbert und auch Fräulein Rabe sich auf der Gustloff zu melden hätten, da diese am 30. Januar 1945 nach Hamburg auslaufen sollte. Wir freuten uns mit ihnen, da ihnen ein beschwerlicher Weg über Land erspart blieb, anders als uns. Dass wir unsere Meinung darüber schon bald ändern sollten, ahnten wir zu diesem Zeitpunkt noch nicht.

Am nächsten Morgen, es hatte wieder mächtig geschneit, stand die Wagenkolonne bereit zur Abfahrt. Verwundete Soldaten wurden so gut es ging liegend platziert und alle anderen mussten eng zusammenrücken. Einen großen Vorteil hatte die Angelegenheit bei dieser Kälte, unsere Körper wärmten sich gegenseitig. Hungern mussten wir ebenfalls nicht, alles, was an Vorräten noch da war, wurde auf die Fahrzeuge verteilt. Es waren keine üppigen Rationen, aber es reichte zum Überleben. Wenn wir es denn schaffen sollten, denn der Beschuss aus der Luft nahm ständig zu. Während der mühsamen Fahrt durch Schnee und Eis, wenn mal wieder alles ins Stocken geriet und unwegsame Stellen frei geschaufelt werden mussten, versuchten Menschen, die zu Fuß unterwegs waren, noch einen Platz zu ergattern. Es tat uns unendlich leid, aber die Fahrzeuge waren ohnehin schon mehr als genug beladen. Mütter schrien uns an, wenigstens ihre Kinder mitzunehmen und hielten sie hoch. Wir hatten jedoch strengste Anweisungen, dies nicht zu tun, denn weitere Überladungen konnten wir uns nicht leisten. Diese Bilder sollten wir nie wieder vergessen, am liebsten wäre ich aus dem Fahrzeug gesprungen, denn ich hatte ein furchtbar schlechtes Gewissen. Aber was konnte der Platz einer oder zweier Menschen denn bewirken? Hätten wir eine Person aufgenommen, hätte es eine Katastrophe gegeben, das leuchtete auch uns ein. Ich betete zu Gott und flehte ihn an, diesen Menschen beizustehen. Ein frommer Wunsch in dieser Zeit, denn Verursacher waren ja die Menschen selbst, angeführt von einer Bestie, eine andere Beschreibung dazu fiel mir nicht mehr ein. Aber vielleicht wollte ich diesem Moment mit diesem Stoßgebet wohl nur mein Gewissen erleichtern, da ich gar nichts für sie tun konnte.

Während des Transports wurde wenig gesprochen, was schon der Lärm der Fahrzeuge kaum zuließ, jeder hing seinen Gedanken nach. Charly und ich kuschelten uns eng aneinander und wechselten ab und zu ein paar Worte, das Ganze hatte etwas Gespenstisches für uns. Wenigstens gab es in unserem Fahrzeug keine Schwerverletzten, die medizinisch versorgt werden mussten. Alles tat uns so unendlich leid. Zeitweise, wenn wir in ländliche Gegenden kamen, wo es erstaunlich ruhig war, wurde angehalten, damit wir uns ein wenig die Beine vertreten und menschlichen Bedürfnissen nachkommen konnten.

Wir fuhren die Nacht hindurch und am nächsten Morgen erreichten wir unsere Hauptstadt Berlin, ein Großteil lag in Schutt und Asche. Hier sollten die Verwundeten bleiben, denn es war bei einigen nicht mehr zu vertreten, sie den Strapazen des weiteren Transportes auszusetzen. Dieses alles war schon für einen gesunden Menschen kaum zu ertragen. Etwas außerhalb der Stadt, in Potsdam, befand sich das Militärlazarett. Wir hatten dort die Möglichkeit, uns ein wenig frisch zu machen und bekamen sogar richtigen Kaffee. Ein wenig Zivilisation selbst unter diesen Bedingungen wirkte Wunder, sodass wir auch innerlich begannen, etwas aufzutauen.

Von den ca. 30 Fahrzeugen blieben jetzt noch 5 Fahrzeuge übrig, die für den Weitertransport bestimmt wurden. Die Spitze und das Ende wurden jeweils von einem Sanitätsfahrzeug übernommen. Als man uns aufforderte, uns dorthin zu begeben, und Charly und ich uns mit unseren wenigen Habseligkeiten auf den Weg machen wollten, merkte ich, wie mir der kalte Schweiß ausbrach. Ich sah lauter kleine Sterne vor mir und dachte, jetzt komme ich gleich in den Himmel. Eine schlagartige Übelkeit mit fast zeitgleichem Übergeben bewahrte mich wahrscheinlich davor, in Ohnmacht zu fallen. Denn alles zusammen schaffte mein Körper wohl nicht und konzentrierte sich somit darauf, mein kleines Frühstück, das ich so genossen hatte, wieder zutage zu befördern. Ich hörte noch eine Stimme, allerdings wie durch Watte gesprochen: „Na, die Rache ist dir aber gelungen." Als ich das Ausmaß meines Missgeschicks erfassen konnte, lag ich auf dem Boden. Charly hatte die volle Ladung abbekommen. Eine Schwester war herbeigeeilt, und während sie mir einen nassen Lappen auf die Stirn legte, sagte sie: „Ach, meine Kleene, det is der Kreislauf, det wird schon wieder." „Sie hat gerade seit langem mal wieder richtigen Kaffee getrunken", erklärte Charly entschuldigend. „Auch ohne Kaffee kann einen det Leben aus den Socken hauen, so is det nu mal." Charly nötigte mich, das Wasser zu trinken, was man mir gebracht hatte. Da mein gequältes Lächeln sie wohl nicht ganz überzeugte, fragte sie schon fast ängstlich: „Wir können doch weiterfahren, oder?" Während ich mich langsam von meinem Stuhl erhob, sah ich noch ein paar versprengte kleine Fünkchen, die aber, nachdem ich tief Luft geholt hatte, verschwanden. Dann begaben wir uns so schnell es ging zu den Fahrzeugen, wieder in der Hoffnung, auch dieses Abenteuer heil zu überstehen. Ein paar neue Passagiere gesellten sich zu uns, es waren verletzte Soldaten, die aufgrund von Verlusten eines Armes oder Beines für Fronteinsätze nicht mehr tauglich waren und nun die Heimreise antreten durften.

Unter ihnen machte sich eine Art Galgenhumor breit, für sie war nur eines wichtig: Sie konnten nach Hause zu ihren Familien, alles andere war Nebensache.

Als wir unsere Plätze eingenommen hatten, drückte sich Charly ihren Unterarm auf den Bauch und meinte nur: „Ich habe vor lauter Aufregung meine Periode bekommen, ich bin noch gar nicht dran, mir bleibt auch nichts erspart." Als die Worte bei mir angekommen waren, hatte ich das Gefühl, dass mein Kopf explodieren wollte. Wann hatte ich eigentlich meine letzte Periode gehabt? Richtig, es war Mutter Havemanns Geburtstag, am 16. Dezember. Es war wieder einmal so ohne Vorankündigung geschehen und ich hatte ihr schönes Stuhlkissen beschmutzt. Oh, mein Gott, und jetzt hatten wir Ende Januar. Aber für's Erste beruhigte ich mich damit, dass sie sich wahrscheinlich einfach verspätete – schließlich kam sie bei Charly auch unregelmäßig.. Ich hatte sogar schon einmal davon gehört, dass sie vor Schreck auch ganz ausbleiben könne. Weitere Gedanken in diese Richtung gestattete ich mir zu diesem Zeitpunkt nicht, es würde sich schon alles klären. Da aber das monotone Motorengeräusch kaum Konversation zuließ, erwies es sich aber äußerst schwierig, einen klaren Kopf zu bekommen. Man hatte uns erklärt, wir würden Braunschweig und Kassel großräumig umfahren, denn diese Ballungszentren mussten unter allen Umständen gemieden werden. Am späten Nachmittag legten wir die erste Pause ein und wir konnten uns wieder einmal die Beine vertreten. Charly musste pinkeln und verzog sich einige Meter, um nicht dabei gesehen zu werden, aber es gab Schlimmeres. Jeder hatte genug mit sich selbst zu tun und diese körperlichen Dinge gehörten nun mal zu uns Frauen dazu.

Ich blieb bei den Männern am Fahrzeug stehen, die genüsslich ihren Zigarettenqualm in die kalte Winterluft stießen. Sie begannen über die Gustloff zu sprechen, wie schrecklich das doch sei und man könne wohl nicht davon ausgehen, dass jemand dieses Unglück überlebt habe. Es dauerte einen kurzen Moment, bis ich die volle Tragweite dieser wenigen Sätze erfasst hatte und fragte: „Was soll das heißen, was ist denn passiert?" Sie erzählten mir, dass ein russisches U-Boot das Passagierschiff mit fast 6000 Menschen an Bord auf dem Weg nach Hamburg torpediert habe und dass es untergegangen sei. Bei diesen Temperaturen könne man wohl kaum von Überlebenden ausgehen. Als Charly zurückkam und mich anblickte, fragte sie: „Was ist mit dir, du bist ja ganz blass, musst du wieder spucken?" An das Fahrzeug gelehnt ließ ich mich langsam zu Boden gleiten und setzte mich auf den Boden. „Was habt ihr mit meiner Edda gemacht?", fauchte sie die Männer in scharfem Ton an und ihre Augen versprühten dabei Funken. „Wir haben ihr gerade erzählt", begann einer aus der Runde, „dass die Gustloff gesunken ist." „Um Gottes Willen", schrie sie, „das kann ich nicht glauben. Gibt es Überlebende?" „Das kann man zurzeit noch nicht so genau sagen", ergänzte ein anderer, „die Ostsee ist zu dieser Jahreszeit sehr kalt und es war noch nicht bekannt, welche Schiffe in der Nähe waren." Ich hielt mir meine Hände an die Ohren, ich wollte nichts mehr hören, ich konnte das alles nicht mehr ertragen. Diese Menschen hatten wochenlange Fluchtwege zu Fuß auf sich genommen und wähnten sich schon in Sicherheit. Dieses Wort, so schien es, hatte einfach keine Bedeutung mehr, für nichts und niemanden. Vielleicht irgendwann einmal, wenn wir endlich wieder Frieden auf unserer Welt bekämen. Alle forderten mich auf, wieder aufzustehen und mich in den Wagen zu setzen. Charly und ich krabbelten zuerst hinein, schlugen die Decke um uns und hielten uns bei den Händen. Unsere Zuneigung oder genauer gesagt unsere Liebe zueinander war in diesem Moment spürbar, wir konnten sie fühlen, sie hüllte uns ein, wie diese muffige Militärdecke. Charly fragte mich: „Was glaubst du, Edda, welche Liebe ist stärker, die zwischen Mann und Frau oder die zwischen Freundinnen?" „Oh, Charly, du kannst diese beiden Arten der Liebe doch nicht miteinander vergleichen." Aber eines weiß ich und da bin ich mir ganz sicher. So richtig, ich meine so, wie wir zwei auch jetzt beide Arten erleben dürfen, das ist uns nur einmal im Leben vergönnt." „Ja, ich glaube, du hast recht."

Unser kleiner Treck hatte sich wieder in Bewegung gesetzt und irgendwann holte uns der Schlaf ein, aneinandergelehnt fanden wir Halt an der Rückseite des Führerhauses.

In der Nacht bei Fliegeralarm blieben wir einfach mit gelöschten Scheinwerfern in der Landschaft stehen. Einen Bunker zu suchen, war so gut wie aussichtslos. Unsere Fahrzeugführer hatten Erfahrung und wir entschlossen uns einfach, ihnen zu vertrauen.

Die nächsten 2 Tage überstanden wir ohne nennenswerte Vorkommnisse, aber langsam ging unser Proviant dem Ende zu und so auch unsere Reise in dem Wagen. Es hieß, dass wir uns in der Nähe von Kassel trennen würden und wir von dort eventuell mit einem Zug, falls überhaupt einer fuhr, weiterfahren müssten. Ansonsten blieb uns nur der Fußmarsch. Nun denn, auch dieses würden wir überstehen. Überall waren Sperrzonen errichtet, uns schien es, dass Amerikaner und Engländer unser Land bereits übernommen hatten. Endlose, immer wiederkehrenden Passkontrollen, Vorlage irgendwelcher Daseinsberechtigungen, wir hatten große Angst, unangenehm aufzufallen. Allerdings wurden wir mit Respekt und Achtung behandelt, bis auf ein paar Pfiffe, die man hinter uns her schickte. In Berlin hatte man uns einige militärische Einrichtungen genannt, wo wir uns melden könnten, um weiteren Proviant zu bekommen, denn offiziell gehörten wir ja auch noch dazu. Einmal hatten wir großes Glück und konnten mit einem Verwundetentransport Richtung Neustadt fahren, was uns nach langen Fußmärschen sehr gelegen kam. Gelegentlich konnten wir zwar in einer Scheune schlafen, wenn wir höflich fragen, und bekamen sogar etwas zu essen. Aber im Großen und Ganzen waren wir zwei doch auf uns allein gestellt. Somit konnten wir es kaum fassen, als man uns anbot, uns ein Stückchen mitzunehmen. Wir mussten wieder einmal feststellen, dass uns der Anblick verletzter Menschen immer noch sehr betroffen machte, aber nicht mehr so wie zu Beginn dieser großen Katastrophe. Auch jene Bilder von zerstörten Ortschaften, ausgebombten Wohnungen und hilflos umherirrenden Menschen gehörten zu unserem Alltag dazu. All dies wurde uns aufgezwungen, jeder war nur noch froh, mit dem Leben davonzukommen, in der Hoffnung auf baldigen Frieden und ein ruhigeres Leben ohne Angst. Von zu Hause hatten wir nun schon seit Wochen nichts mehr gehört, bedingt durch die Evakuierung der Stadt Swinemünde und unseren Rücktransport. Neustadt war auch der Ort, wo wir uns, sollten wir es schaffen, zwecks weiterer Verwendung zu melden hatten. Mittlerweile war es Ende Februar und es war schon fast ein Jahr vergangen, seit wir unsere vertraute Heimat verlassen hatten. Ich hatte mich erkältet und hustete stark, mein Kopf glühte und ich sehnte mich nach einem Bett mit einer Wärmflasche. Charly war sehr besorgt um mich: „Oh, Edda, wir sind fast in unserer alten Heimat, nun mach bloß nicht schlapp, hörst du?!" Mir war hundeelend und ich konnte mich kaum noch aufrecht halten. Ein Sanitäter gab mir eine Aspirin und etwas zu trinken mit den Worten: „Gegen Mittag werden wir Neustadt erreichen, da melden Sie sich im Lazarett, ich glaube, Sie haben hohes Fieber und Ihr Husten klingt nicht gut." Mir war alles recht, Hauptsache, ich konnte meine Beine ausstrecken und eine Decke über den Kopf ziehen. Charly wurde immer unruhiger, denn eigentlich war ich immer diejenige, die Trost spenden musste. Anstatt ihren Mund zu halten, krähte sie mit einer weinerlichen Stimme: „Hoffentlich hast du keine Lungenentzündung, das ist lebensgefährlich, oh, Gott, was soll nun werden?" Mit letzter Kraft antwortete ich ihr: „Charly, wir haben es bis hierher geschafft, da werde ich nicht an einer Lungenentzündung sterben, hast du mich verstanden?" Der junge Soldat neben uns auf der Pritsche unterstrich das Ganze noch mit den Worten: „So schnell stirbt man nicht, schaut mich an, mich haben sie auch wieder zusammengeflickt." Dankbar sahen wir ihn an.

Am späten Nachmittag erreichten wir unser Ziel und, uns gegenseitig stützend, verließen wir das Fahrzeug. Ich verspürte wieder diese ekelhaft Übelkeit, wie bei unserer Abfahrt in Berlin. Da wir seit geraumer Zeit nichts mehr gegessen hatten, führte ich es darauf zurück. Obwohl ich doch einige Male würgen musste und merkwürdige Geräusche von mir gab, sagte Charly nichts zu mir. Da zuerst die verletzten Soldaten versorgt werden mussten, bat man uns, noch ein wenig zu warten. Gegen Abend kam eine Schwester und horchte meinen Brustkorb ab. Sie blickte sehr ernst und sprach kein einziges überflüssiges Wort, sie forderte mich lediglich mehrmals auf, tief Luft zu holen und die Luft anzuhalten. Anschließend gab sie Entwarnung und meinte: „Sie haben noch einmal Glück gehabt, es ist eine fiebrige Bronchitis, die Lunge hat noch nichts abbekommen." „Wohnen Sie hier in der Nähe?" „Nein", kam Charly mir zuvor, „in Hainfeld." „Nun, Sie haben Fieber, wie wir gerade festgestellt haben 39,5 Grad, dann müssen Sie hier bleiben, mindestens 2 bis 3 Tage. Da wir zurzeit freie Betten haben, werde ich Ihnen gleich einen abgeteilten Bereich zeigen, wo Sie sich niederlassen können. Dort halten sich auch die Schwestern auf, aber ich denke, das geht schon in Ordnung." Ich dankte ihr für ihre Hilfe und sie meinte mit einem Lächeln: „Das ist doch selbstverständlich, wenn wir es können." Dann sagte sie mit Blick auf Charly: „Und nun zu Ihnen, junges Fräulein, Sie kommen mit mir, Sie können sich beiden etwas Warmes zum Essen und Trinken holen, ich glaube, das ist schon längst überfällig." Sie trottete hinter der Oberschwester her und kam kurz darauf mit einem Tablett wieder zurück. Der warme Muckefuk, die undefinierbare Brühe mit dem Stück Brot, waren einfach himmlisch. Trotz Fieber ließ ich von meiner Portion nichts übrig.

Später kam die Schwester noch einmal zu uns und brachte mir eine Tinktur zum Einnehmen sowie eine weitere Aspirin. Da wir beschlossen hatten, eine Bronchitis sei nicht so ansteckend wie ein Schnupfen, krabbelte Charly zu mir ins Bett, denn wir mussten uns gegenseitig unsere Eisfüße wärmen. Am nächsten Morgen fühlte ich mich schon ein wenig besser, wieder gab es eine Tasse Muckefuk und ein Stück Brot.

Als Charly und ich gefrühstückt hatten, kam die Schwester und erkundigte sich nach meinem Befinden. Da ich aber immer noch Fieber hatte, entschied sie, dass wir noch eine Nacht bleiben sollten, was wir auch dankbar annahmen, denn hier war es warm und wir bekamen zu essen. Am dritten Tag beschlossen wir, den letzten Teil unserer Reise anzutreten. Wir bedankten uns für alles, was wir in den letzten 3 Tagen bekommen hatten, und machten uns auf den Weg. Dort merkte ich allerdings, dass meine Beine noch ziemlich schwach waren.

Der Bereich um Neustadt herum gehörte zum amerikanischen Sektor, was bewirkte, dass wir keine Angst mehr hatten. Irgendwie fühlten wir uns hier sicher, denn von den Amerikanern hatten wir bislang noch nie etwas Schlimmes gehört. Wir waren zwar ihre Feinde, aber die Bevölkerung wurde anständig behandelt. Hier und da bekamen wir Zigaretten, Kaugummi und auch einmal ein paar Seidenstrümpfe. Nach einer weiteren Nacht in einer Scheune hatten wir endlich unser Hainfeld vor Augen. Wenn ich nicht so schlapp gewesen wäre, hätten wir unseren Fußmarsch nicht unterbrochen und wären so lange gelaufen, bis wir unser Ziel erreicht hätten.

Charly fragte mich: „Kommst du noch kurz mit zu uns? Ich hab ein wenig Angst davor, wie es meiner Mutter geht." Eigentlich hatte ich keine Lust, ich wollte nur nach Hause in mein Bett, aber da sie mich so hilflos anschaute, sagte ich: „Klar komme ich mit." Als wir die Dorfstraße erreichten, war kaum jemand zu sehen, bis auf ein paar Kinder. Dann standen wir vor ihrem Elternhaus, Charly blickte mich noch einmal an, bevor sie die Klinke herunterdrückte. Die Tür war wie immer auf und wir betraten das Haus. Es war kein Laut zu hören. Ein Blick durch die Küchentür, hier war niemand. Dann rief Charly: „Hallo, ist jemand zu Hause?" Die Tür der Waschküche öffnete sich ganz langsam und Charlys Mutter schaute um die Ecke. Es dauerte eine ganze Weile und plötzlich wurde die Tür ganz aufgestoßen und Mutter und Tochter lagen sich in den Armen. Einem lauten Freudenschrei folgten Tränen. „Endlich, mein geliebtes Kind, habe ich dich wieder und wie es ausschaut unversehrt, nur ein wenig blass, aber das bekommen wir wieder hin." Dann kam sie zu mir und nahm mich ebenfalls in die Arme: „Herzlich willkommen, Edda, schön, dass ihr wieder da seid, ich hab euch so vermisst." Charlys Mutter besaß Herzenswärme, bei ihr hatte man immer das Gefühl, jederzeit willkommen zu sein. Ich stellte noch etwas fest: Offensichtlich hatte die Trennung von Ehemann und Tochter etwas Positives bewirkt, wenn auch die Umstände sehr traurig waren. Das Gesicht von Charlys Mutter hatte Züge von Entschlossenheit, Energie und Freude angenommen, was mir vorher nie aufgefallen war. Sie hatte wohl oder übel gelernt, was sie lernen musste, und es hatte ihr gut getan. Charlys Vater war ein sehr strenger und ernster Mensch, der bisher alles ohne seine Frau geregelt und sie immer wie ein kleines Kind behandelt hatte.

Bei uns zu Hause war es eher andersherum. Ich wollte keines von beiden. Es musste doch möglich sein, dass beide Partner Anteil an allem hatten, dass keiner unterdrückt wurde.

„Ja, meine Lieben, ich werde euch jetzt verlassen und bei uns nach dem Rechten sehen", sagte ich. Charly begleitete mich zur

Tür und drückte mich ganz fest: „Mach's gut, meine Liebe, morgen werden wir uns im Gemeindebüro zurückmelden, aber schlaf dich erst einmal richtig aus, du bist ganz blass." „Wird gemacht", sagte ich machte mich auf den Heimweg.

Plötzlich hörte ich hinter mir das Geräusch eines Pferdefuhrwerkes und drehte mich um. Es waren mein Vater und Jean, einer der beiden Franzosen. „Na, schönes Fräulein, wohin des Weges, dürfen wir Sie ein Stück auf unserem bescheidenen Gefährt mitnehmen?" „Sehr wohl, der Herr, Sie dürfen, Sie dürfen." Ein Wortspiel aus meiner Kinderzeit. Vater sprang vom Wagen, sobald dieser zum Stehen kam, und wir fielen uns in die Arme, Tränen der Freude liefen uns über das Gesicht. „Mein Gott, bin ich froh, dass ich dich wiederhabe. Geht es dir gut, bist du unverletzt?" „Ja, Vater, sei ganz unbesorgt, es ist alles gut gegangen, ich werde euch alles in Ruhe erzählen." Inzwischen war auch Jean vom Wagen gesprungen und nahm mich in seine Arme. Es war ein wundervolles Gefühl, von Menschen begrüßt zu werden, die sich wirklich freuten. „Nun mal schnell wieder auf den Wagen", mahnte Vater, hier ist es doch nicht so gemütlich wie daheim." Jean strahlte über das ganze Gesicht: „Isch freue misch, disch zu sähen", kam von hinten etwas zaghaft, er hatte den Platz neben meinem Vater geräumt und sich auf die Rückbank gesetzt. „Oh, Jean, das hört sich sehr gut an, und ich meine nicht nur die Aussprache." Mit der linken Hand hielt Vater den Zügel und mit der rechten drückte er meine Hände, die etwas ungelenk auf meinen Knien ruhten. „Ich habe dich so vermisst, du hast mir so gefehlt", sagte er mit gebrochener Stimme, ohne mich dabei anzusehen. Mir fiel auf, dass er „ich" sagte und ich sagte daraufhin: „Ich bin so froh, wieder bei dir zu sein." Als wir unseren Hof erreichten, sah ich meine Mutter und Caro beim Reinigen alter Weinfässer. Da sie jedoch nicht zu uns herüberschauten, rief mein Vater: „Hallo, ihr zwei, seht mal, wen wir mitgebracht haben." Als sie mich erkannten, kamen sie zu uns. Ich sprang etwas übermütig vom Wagen, denn in diesem Moment überkam mich ein riesiges Glücksgefühl. Ich wollte alle und alles umarmen, als ich merkte, wie mich wieder dieses ekelhafte Schwindelgefühl packte und ich mich abstützen musste. Caro und auch meine Mutter drückten mich und schienen ebenfalls beide erfreut, mich zu sehen. „Blass siehst du aus, Kind, geht es dir nicht gut?", fragte mich meine Mutter und musterte mich von oben bis unten. Selbst meine Schwester schien ihren kalten Unterton zu bemerken und sagte: „Eine Urlaubsreise wird das wohl gerade nicht gewesen sein. Edda muss sich erst wieder erholen, stimmt's?" „Lasst uns erst einmal ins Haus gehen", sagte mein Vater, „hier draußen ist es zu kalt." Mein Husten hörte sich immer noch ziemlich schlimm an und ich war froh, als ich in unserer warmen Küche stand. Hier hatte sich nichts verändert und ich merkte, dass mir diese vertrauten Dinge wie auch die Menschen, die in dieses Haus gehörten, sehr gefehlt hatten. Obwohl ich erst wenige Minuten wieder zu Hause war, hatten meine Sinne blitzschnell alles wieder aufgenommen und ich empfand es schon fast wieder als normal. Aber augenblicklich nahm der momentane Verlust von Klemens und die Ungewissheit über sein Schicksal so übermächtig von mir Besitz, dass ich hemmungslos anfing zu weinen. „Nun setz dich erst mal und wärme dich auf", wollte mein Vater die Situation retten, „du kannst uns später alles erzählen, wenn du Lust dazu hast." Meine Mutter machte mir einen Becher warme Milch mit Honig und sagte: „Dein Husten klingt nicht gut, setz dich doch an den Kachelofen." Ich tat es ohne Widerworte und blickte etwas hilflos in die Runde. Alle schauten mich an, als käme ich von einem anderen Stern. Nachdem ich mich wieder gefangen und ein wenig von der warmen Milch getrunken hatte, sagte ich: „Ich bin sehr glücklich, wieder bei euch zu sein, aber wenn ihr nichts dagegen habt, möchte ich gleich in mein Bett, ich bin total erschöpft." Caro bot mir an, mein Gepäck nach oben zu tragen, was ich dankbar annahm. Schwerfällig schleppte ich mich die Treppe hinauf und betrat unser gemeinsames Zimmer, auch hier hatte sich nichts verändert. Es war, als sei ich überhaupt nicht fort gewesen. Ich entkleidete mich, nahm mir ein Nachthemd aus dem Schrank und legte mich in mein Bett. Nach wenigen Minuten kam Caro und brachte mir eine Wärmflasche, welche sie mir gleich zu den Füßen legte. „Ich glaube, Schwesterherz, die kannst du gebrauchen." Aber zu mehr als einem „Ich danke dir" war ich jetzt nicht mehr in der Lage und zog mir die Decke bis zur Nasenspitze. War es Berechnung in der Hoffnung, gleich noch ein wenig mehr von mir zu erfahren oder einfach nur schwesterliche Fürsorge, weil sie mich vielleicht auch vermisst hatte? Aber eigentlich interessierte es mich nicht wirklich. Ich merkte, wie mich der Schlaf schon fast erreicht hatte, und sprach in Gedanken ein Gebet. Ich hatte es mir zur Gewohnheit gemacht, für Klemens zu beten, obwohl ich anfangs ein schlechtes Gewissen dabei hatte, denn überaus gläubig war ich nie gewesen. Ich fand es daher eher vermessen, nun einfach die Dienste des Herrn in Anspruch zu nehmen. Aber da ich für Klemens ansonsten gar nichts tun konnte, gaben mir diese Zwiegespräche mit Gott ein gutes Gefühl. Ich war sogar schon so weit gegangen, Versprechungen zu leisten, künftig häufiger zur Kirche zu gehen. Irgendwann fiel ich in einen tiefen, traumlosen Schlaf bis zum nächsten Vormittag. Die totale Erschöpfung meines Körpers hatte auch meinen Geist vollkommen lahmgelegt, sodass ich nicht von irgendwelchen Alpträumen heimgesucht wurde. Nachdem ich realisiert hatte, wo ich mich eigentlich befand und feststellte, dass es kein Traum war, richtete ich mich auf und schaute aus dem Fenster auf unsere Weinberge. Die Sonne schien und alles war sehr friedlich, als wenn der Krieg nie stattgefunden hatte. Da sich mein Magen meldete, beschloss ich mich anzuziehen und hinunter in die Küche zu gehen. Mutter und Caro waren dabei, das Mittagessen vorzubereiten. „Extra für dich, meine Liebe, Maultaschen", begrüßte mich meine Schwester. „Hast du dich ausgeschlafen, mein Kind?", kam von meiner Mutter. „Ich habe ausgezeichnet geschlafen und habe einen Bärenhunger", gab ich beiden zur Antwort. „Nach dem Essen werde ich mit Charly zum Gemeindebüro gehen, wir müssen uns zurückmelden und hören, was nun weiter mit uns passieren soll." „Das Essen ist in einer Viertelstunde fertig, aber das Zurückmelden hat doch Zeit bis morgen", wusste meine Mutter schon wieder zu bevormunden. „Man hat uns gesagt, unverzüglich nach Rückkehr, und wir wollen keinen Ärger." Jetzt war er wieder da, dieser vertraute Ton zwischen uns. Wenn die beiden meinten, ich würde ihnen jetzt noch Bericht erstatten, dann hatten sie sich getäuscht, ich verspürte nicht die geringste Lust dazu. Ich hatte mich kaum an den Tisch gesetzt, als mir der Essensgeruch in die Nase stieg, hmmm, Maultaschen. Just in diesem Moment rebellierte mein Magen und ich verließ fluchtartig die Küche Richtung Toilette. Da mein Magen aber schon seit geraumer Zeit nichts angeboten bekommen hatte, konnte er auch nichts zurückgeben, was in einem lautstarken Würgen endete. Ein Blick in den Spiegel gab ein Bild des Grauens preis, ich sah einfach fürchterlich aus. Da die letzten Wochen sehr ausgefüllt waren, hatte ich eine wichtige Sache verdrängt. Als wir unsere Rückreise antraten und Charly ihre Periode bekam, war meine schon überfällig, und nun waren weitere Wochen vergangen. Meine grünlich gelbe Gesichtsfarbe verwandelte sich schlagartig in eine rote, denn mir wurde unheimlich heiß. Ich musste hier raus, raus an die frische Luft, und riss erst die Toilettentür, dann die Hintertür zum Hof auf, die mit voller Wucht meinen Vater traf, der gerade in das Haus wollte. „Oh, mein Gott, entschuldige, das wollte ich nicht, es tut mir leid." „Du brauchst dich nicht beim lieben Gott zu entschuldigen, es reicht, wenn du es bei mir tust, es war ja nur mein Kopf." „Vater, bitte, du weißt doch, wie ich es meine." „Aber was rennst du denn, ist jemand hinter dir her?" „Nein, ich wollte nur mal kurz vor dem Essen die frische Frühlingsluft aus unseren Weinbergen schnuppern." Etwas Besseres fiel mir nicht ein. „Nun, die kannst du ja jetzt immer haben. Hast du alles wiedererkannt, mein Liebes?" „Ich glaube schon", sagte ich leicht gequält, denn wieder konnte ich meine Gedanken nicht zu Ende bringen. „Komm, lass uns ins Haus gehen", meinte er, „ich glaube, dein Lieblingsgericht wartet auf dich." Wieder schwappte eine heiße Welle über mich hinweg. Was wäre, wenn mir bei Tisch wieder übel würde? Nicht auszudenken. Ich folgte ihm in die Küche und setzte mich auf meinen Platz, aber nichts passierte, als Caro die dampfende Schüssel mit den Maultaschen auf den Tisch stellte. Nachdem mein Magen die erste Portion ohne Schaden aufgenommen hatte, mutete ich ihm noch einen kleinen Nachschlag zu, was er mir ebenfalls nicht übel nahm. Ich wollte aufspringen und mich für den Nachmittag verabschieden, als meine Mutter noch ein paar eingekochte Birnen als Nachtisch hervorzauberte. Es war wieder da, dieses Gefühl, ihnen nichts von den vergangenen Monaten erzählen zu wollen, ich konnte es nicht einmal begründen, oder vielleicht doch? Es hatte mit Klemens zu tun, denn er war die Hauptperson und das war mein Geheimnis. Klemens auszuschließen war einfach nicht möglich, denn dazu war er mit mir und mit meiner Zeit in Swinemünde viel zu sehr verwachsen. Meine Mutter schaute mich mit einem Blick an, der einiges von ihren Gedanken preisgab, ich fühlte mich sehr unwohl dabei. Caro wagte noch einen Versuch und bat mich, doch ein wenig zu erzählen, von allem. Vater rettete mich mal wieder: „Als ich als junger Mann im ersten Weltkrieg aus Frankreich zurückkam, konnte ich Monate nicht über die Erlebnisse sprechen, gebt Edda noch ein wenig Zeit, auch ihre Eindrücke zu verarbeiten." „Edda war ja wohl nicht im Krieg", kam es abwertend aus Caros Mund. Ich sah ihr ins Gesicht und schleuderte ihr meine abgrundtiefe Verachtung

entgegen: „Das, was ich gesehen habe, darf sich nie, nie wiederholen, hörst du Caro? Aber ich glaube, dass nur Menschen, die
so kalt und herzlos sind wie du", ein Abschweifen meines Blickes
zu meiner Mutter zog ich kurz in Erwägung, „in der Lage sind,
eine solche Katastrophe über die Menschheit zu bringen." Dabei
ließ ich es bewenden, stand auf und verließ ohne ein weiteres
Wort das Haus. Während ich über den Hinterhof zu unserem
alten Schuppen rannte, in dem mein Fahrrad stand, zog ich
meinen Mantel an. Ich hatte nur einen Gedanken: Hier konnte
und wollte ich nicht mehr bleiben. Wie hatte ich es nur hier
ausgehalten? Mein Vater war es, der mir das Leben schön gemacht hatte der es auch jetzt wieder tat, in dieser kurzen Zeit
nach meiner Heimkehr. Und mein Vater würde es mir auch
schwer machen, die Konsequenzen zu ziehen, aus dem Verhalten
meiner Schwester und letztendlich auch meiner Mutter. Ihn
liebte ich über alles, als Vater. Die andere Liebe gehörte Klemens
und mit ihm würde ich mein Leben verbringen. Ich wollte nicht
wie meine Schwester auf diesem Weingut meine Tage verbringen
und das Leben an mir vorüberziehen lassen, dafür würde mein
Vater Verständnis haben müssen. Ich fand mein Fahrrad ziemlich verstaubt in der hinteren Ecke des Schuppens mit platten
Reifen. Da die Luftpumpe ihren alten Platz an der Wand nicht
verlassen hatte, konnte ich die Reifen aufpumpen. Richtung
Charly verließ ich den Hof und meine Wut legte sich, sobald
ich wieder alles andere um mich herum wahrnahm. Die Natur
war erwacht, Bäume und Sträucher blühten in voller Pracht und
ein süßlicher, fruchtiger Duft stieg mir in die Nase, der meinen
Kopf von allen schlechten Gedanken befreite. Ich erreichte
Charlys Elternhaus und stellte mein Fahrrad an die Hauswand,
blieb aber mit meinem Ärmel am Lenker hängen, sodass es mit
voller Wucht an mein Schienbein prallte. Wütend über diesen
Schmerz ließ ich das Fahrrad dann auch dort liegen, ohne es aus
dem Weg zu räumen, und schimpfte laut. Charlys Mutter hatte

mich wohl schon gehört und kam aus dem Garten, um nach mir zu sehen. „Na", fragte sie, „was ist denn hier los, hast du dich verletzt?" „Nein, ist schon gut, es ging mal wieder nicht schnell genug", antwortete ich. „Charly ist nicht da, sie hat den halben Vormittag auf dich gewartet, ihr wolltet euch doch zurückmelden", klang es ein klein wenig vorwurfsvoll. „Ja, ich weiß, aber ich habe ziemlich lange geschlafen, mir geht es immer noch nicht so gut." „Komm", forderte sie mich auf, „wir setzen uns hier in die Sonne, es tut so gut." Sie legte ihren Arm um meine Schultern und fragte: „Haben sich deine Eltern gefreut, dass du wieder da bist?" Aber bevor ich antworten konnte, fügte sie noch hinzu: „Was rede ich für einen Blödsinn, Eltern freuen sich immer, wenn die Kinder wieder da sind, stimmt's?" „Ja, nein, ach ich weiß es nicht, mein Vater sicherlich, aber bei meiner Mutter und meiner Schwester bin ich mir nicht so sicher." „Ach was, die können es nur nicht so zeigen, glaub mir." „Das mag alles sein, dass man Freude nicht so zeigen kann, aber vernünftig reden kann man doch und Verständnis für …" Weiter kam ich nicht, da ich anfing zu weinen. Jetzt nahm sie auch noch den anderen Arm und drückte mich ganz fest an sich. „Ach, meine Kleine, das tut mir so leid für dich. Ihr müsst euch erst wieder aneinander gewöhnen." „Es war doch vorher auch nicht besser. Ich hatte gehofft, dass die Trennung alles ändern würde, aber es ist eigentlich alles viel schlimmer als vorher. Ich bin auch nicht gerade freundlich zu ihnen. Ich habe kaum davon erzählt, wie alles so war, das hat natürlich den Anschein, als habe ich etwas zu verheimlichen." Nach kurzem Schweigen griff sie den Satz auf und fragte: „Hast du denn etwas, ich meine, was du ihnen verheimlichst?" „Ich glaube, ich bin ein bisschen schwanger", krächzte ich. „Du bist was?", wobei sie sich das Lachen verkneifen musste, denn ich sah ihr ins Gesicht, um die Reaktion zu sehen. „Meine liebe Edda, bitte entschuldige, entweder bist du schwanger oder du bist es nicht, das Wort ‚bisschen' ist vollkommen überflüssig. Aber woher weißt du es denn, hast du dich untersuchen lassen und …?" „Nein, habe ich nicht, aber ich kann 1 und 1 zusammenzählen. Meine Periode ist so was von überfällig und mir ist dauernd schlecht: Aber das Wichtigste habe ich noch ausgelassen und ich danke dir, dass du nicht die Frage gestellt hast, die meine Mutter sehr wahrscheinlich als Erstes stellen wird. Ich habe einen Vater zu diesem Kind und wir wollen heiraten." „Meine liebe Edda, das ist etwas, was nur dich etwas angeht. Aber dann kannst du doch ganz beruhigt sein, wenn dich der junge Mann heiratet. Die Reihenfolge ist eben etwas anders, übrigens, genau wie bei mir und Charlys Vater. Dann haben die Leute hier im Dorf wieder ein wenig Gesprächsstoff, sieh es doch mal von dieser Seite." „Klemens weiß zwar noch nichts von dem Kind, aber einen Heiratsantrag hat er mir gemacht. „Nun beruhige dich erst einmal, es wird schon alles wieder gut, aber du solltest dich untersuchen und dir die Schwangerschaft bestätigen lassen, vielleicht steckt ja doch etwas anderes dahinter. Eine Tante von mir aus dem Nachbardorf praktiziert als Hebamme, und wenn die eine oder andere Schwangere Rat bei ihr sucht, freut sie sich natürlich." „Wer ist schwanger?", ertönte Charlys Stimme, die den letzten Satz noch aufgefangen hatte und ihre Mutter anstrahlte. „Du brauchst mich gar nicht so erwartungsvoll anzusehen, ich nicht, denn dazu gehören ja wohl immer noch zwei und die Voraussetzung ist bei uns zurzeit nicht gegeben." „Na dann bleibt wohl nur noch Edda", meinte sie sehr vorsichtig und das Lachen war ihr vergangen. „Oder redet ihr über jemand anderen, Caro vielleicht?" „Nein, deine erste Vermutung ist schon ganz richtig", sagte ich. „Warte erst einmal das Ergebnis von meiner Tante Hedwig ab", unterbrach uns Charlys Mutter, „dann sehen wir weiter. Edda, sollte sich deine Vermutung bestätigen, diese Tür steht für dich immer offen, du bist jederzeit willkommen, das nur für den Fall, dass sich deine häusliche Situation weiter verschlechtern sollte." Dann stand sie mit den Worten „Ich mach uns erst mal was zu trinken" auf und Charly nahm ihren Platz ein. „Bist du dir sicher, Edda, bekommst du ein Baby?" „Nicht ganz, aber ziemlich, meine Periode habe ich immer noch nicht bekommen und ich muss mich ständig übergeben, selbst bei Sachen, die ich immer gerne gegessen habe." „Aber eigentlich brauchst du dir doch keine Gedanken zu machen, ihr wollt doch sowieso heiraten."

Ich fühlte mich in diesem Moment sehr erleichtert, als wenn eine zentnerschwere Last von mir gefallen wäre. Diese beiden Menschen hatten mir gut getan, ich hatte mich endlich jemandem anvertraut. Ich hatte mich nicht herumgetrieben und der Vater des Kindes, obwohl er noch nichts davon wusste, wollte mich heiraten, was wollte ich denn mehr. Der einzige Wunsch für mich bestand darin, dass Klemens alles gut überstehen und zu mir kommen würde, alles Weitere würde sich schon finden. Frau Steinbach kam mit einem Krug selbst gemachter Fliederbeerlimonade und Haferflockenkeksen zurück und setzte sich wieder zu uns. Es schmeckte himmlisch. „Wenn du möchtest, Edda, können wir nach dem Mittagessen mit dem Rad zu Tante Hedwig fahren. Vielleicht kommen Paul und Mareike auch mit, sie wird sich freuen, uns mal wieder zu sehen, was meinst du?" „Sind die beiden denn schon von der Schule zurück?", fragte Charly. „Ja, es ist doch nur eine Noteinrichtung mit einer Notbesetzung, sie bekommen immer eine Menge Hausaufgaben auf." Da ich kein Bedürfnis verspürte, zu meiner Familie zurückzukehren, willigte ich ein. „Nun zu dir, Charly, was gibt es denn Neues in unserem Gemeindebüro, hat man noch Verwendung für uns?", fragte ich, um das Thema zu wechseln. Unser alter Bürgermeister brauchte nicht mehr an die Front und hatte Heimaufträge zu erfüllen, somit war er auch für uns zuständig. „Haltet euch fest", begann sie, „er hat mir ganz im Vertrauen erzählt, und ich musste ihm meine Verschwiegenheit in die

Hand versprechen, dass wir wohl mit dem Ende des Krieges rechnen können, da die Alliierten fast überall bei uns im Land sind und man mit dem Eintreffen der Roten Armee rechne." Von den Russen hatten wir ja nichts Gutes gehört, da aber die Amerikaner, Engländer, Franzosen ebenfalls vertreten waren, wurde unsere Angst gemildert. Für uns bedeutete es jedenfalls, dass wir in unseren Dörfern bleiben mussten, denn alle Bezirke wurden in Sperrzonen aufgeteilt. Dies wiederum hieß, ohne Begründung und Genehmigung der Alliierten durfte keiner seinen Heimatbezirk verlassen, und es durfte auch keiner zu uns, der hier nicht hergehörte. Das betraf auch Schriftwechsel in jeder Form. „Ja, aber", begann ich, „wenn Klemens zu mir möchte, was passiert dann mit ihm?" „Hm", meinte Frau Steinbach, „solange der Krieg nicht offiziell beendet ist, wird er als deutscher Soldat wohl Schwierigkeiten haben, wenn er seine Freundin besuchen möchte. Aber, nun warte erst einmal ab, es wird nicht alles so heiß gegessen, wie es gekocht wird. Du wirst deinen Klemens schon wiederbekommen, da bin ich mir ganz sicher, Mädchen. Heute Nachmittag klären wir erst einmal die andere Geschichte, und vielleicht kann man daraus dann eine dringende Notwendigkeit machen, nach dem Motto: Junger Vater muss schnellstens zu seiner schwangeren Verlobten oder so." „Das hört sich richtig gut an", meinte Charly aufgeregt. Die beiden Frauen hatten es tatsächlich geschafft, diese für mich aussichtslose Situation binnen kurzer Zeit einfach realistisch zu sehen, sodass ich keine Angst mehr vor der Zukunft hatte, nur davor, dass Klemens etwas zustoßen könnte.

Ich saß mit der kleinen Familie am Mittagstisch und verspürte wieder einen richtig gesunden Appetit, ich beneidete Charly um diese Mutter, die mit ihrem Optimismus Geborgenheit und Frohsinn verbreitete. Obwohl ich mich auch an Zeiten erinnerte, als Charlys Vater mit seiner Strenge und Ernsthaftigkeit jede Freude im Keim erstickt hatte.

Als wir alles aufgegessen und die Küche wieder aufgeräumt hatten, machten wir uns auf den Weg zu Tante Hedwig. Sie saß vor ihrem Haus auf der Gartenbank und genoss ebenfalls die ersten warmen Sonnenstrahlen. Sie freute sich riesig über unseren Besuch. Ihr ganzes Leben so erzählte sie uns, war sie Tag und Nacht immer mit Menschen zusammen, und nun sei es doch ein wenig zu ruhig. Frau Steinbach forderte die beiden Kleinen auf, nach den Katzen zu sehen, mittlerweile seien es zehn an der Zahl und einige würden auch demnächst Nachwuchs bekommen, meinte Tante Hedwig und schaute dabei auf meinen Bauch. Ich merkte, wie mir die Röte ins Gesicht stieg und schaute Frau Steinbach Hilfe suchend an. „Du, Hedwig, wir wollen nicht lange um den heißen Brei herum reden, die junge Frau ist wahrscheinlich schwanger und möchte von dir untersucht werden. Vielleicht kann sie ihrem Mann ja einmal etwas Schönes mitteilen, worauf er sich dann freuen kann, wenn er heimkommt." Tante Hedwig maß mich noch einmal mit einem prüfenden Blick, schaute mir in die Augen und meinte mehr beiläufig: „Ende dritter, Anfang vierter Monat", und das war keine Frage, sondern eine Feststellung. Ein kurzer Rückblick in meinem Gedächtnis gab ihr recht. Indem sich Frau Steinbach mir zuwandte, sagte sie: „Der junge Ehemann durfte zum Jahreswechsel eine Woche nach Hause wegen einer Armverletzung und da muss es dann wohl gleich geklappt haben." Tante Hedwig schob mich in ihr kleines Behandlungszimmer und bat die anderen, im Garten auf uns zu warten. Ich musste mich auf eine Liege legen und meinen Unterleib entblößen, das Ganze war mir nun doch sehr peinlich, obwohl es eine Frau war, die mich untersuchte. Ich war ihr aber dankbar, dass sie mir keine weiteren Fragen bezüglich meines Alters stellte oder wissen wollte, wo ich herkomme. Ganz in Ruhe verrichtete sie ihre Arbeit, indem sie mich abtastete und einem kleinen hölzernen Röhrchen meinen Bauch abhorchte. „Damit kann ich die

Herztöne feststellen", erklärte sie mir, „und ich liege mit meiner Vermutung richtig, das Kind wird Anfang Oktober zur Welt kommen Sie können dem Vater des Kindes mitteilen, dass es dem Baby gut geht und offensichtlich der Mutter auch, oder?" Ein prüfender Blick streifte mein Gesicht, sie hatte nicht „Ihrem Mann" gesagt. „Ja, ja, wir haben es uns so sehr gewünscht, er wird sich ebenfalls riesig freuen." Meine Freude hielt sich doch sehr in Grenzen, denn jetzt hatte ich die Bestätigung, jetzt konnte ich nichts mehr vor mir herschieben. Ich durfte nur noch nach vorne schauen und an eine Fügung des Schicksals glauben. Aber mussten wir das nicht immer, an das Gute glauben, positiv denken? Dann wären doch alle Zukunftspläne sinnlos. An die Zukunft zu glauben, das ist doch das Leben. In diesem Moment spürte ich eine ungeheure Kraft in mir, für dieses Kind und für mein künftiges Glück alles auf mich zu nehmen und zu kämpfen. Mit Klemens an meiner Seite, und vielleicht würde dieses Kind noch Geschwister bekommen und wir könnten in Frieden und ohne Ängste gemeinsam unsere Kinder großziehen und sie auf ihr eigenes Leben vorbereiten. „Junge Frau", begann Tante Hedwig. „Och, Sie dürfen ruhig Edda zu mir sagen", unterbrach ich sie. „Also, Edda", begann sie erneut, „sollten Sie Probleme bekommen oder Fragen haben, Sie können jederzeit – und wenn ich jederzeit sage, meine ich es auch – zu mir kommen. Ich bin immer für Sie da." „Danke, das ist ein schönes Gefühl." Ich merkte, wie mir schon wieder Tränen über das Gesicht liefen, die ich nicht aufhalten konnte.

Auch sie nahm mich in die Arme und entließ mich mit den Worten: „Es wird alles gut werden."

Ich drehte mich noch einmal um, denn Tante Hedwig kam mit mir hinaus, um uns alle zu verabschieden. Sie lächelte mir aufmunternd zu mit ihrem kleinen energischen Gesicht. Dieser Blick gab mir Kraft, diese Fügung positiv zu sehen und mein Leben nun selbst in die Hand zu nehmen, früher oder später gemeinsam mit Klemens. Als wir die Haustür erreichten, atmete ich erst einmal tief ein und spürte diese frische würzige Frühlingsluft in meinem ganzen Körper, es kribbelte von den Zehenspitzen bis zur Kopfhaut. Es war ein Gefühl, als würde ich mit neuem Leben erfüllt, all die Energie und Freude, die mir irgendwie abhanden gekommen waren, strömten wohlig warm durch mich hindurch.

Charly sprang als Erste auf mich zu und fragte aufgeregt: „Na, können wir schon anfangen zu stricken?" Ich fiel ihr um den Hals und drückte sie ganz fest, da ich schon wieder anfangen musste zu heulen. Charlys Mutter kam nun auch, nahm mich in den Arm und sagte: „Ich wünsche dir und deiner kleinen Familie alles Gute, wir sind immer für dich da, wenn du Hilfe brauchst. Versprich mir, dass du sie auch in Anspruch nimmst, sollte es jemals nötig sein!" Ich fühlte mich in diesem Augenblick federleicht, eigentlich unverständlich, denn die eigentlichen Schwierigkeiten würden ja noch kommen, dessen war ich mir sicher. Es lag wohl eher daran, dass ich nun wusste, wie sich mein Leben ändern würde, das allein gab mir Sicherheit und Vertrauen in die Zukunft. „Schade, dass ich Klemens diese wundervolle Nachricht nicht mitteilen kann", seufzte ich. Das gab meiner Freude den ersten Dämpfer. „Er wird es noch früh genug erfahren", meinte Charly, „du wirst sehen, es dauert nicht mehr lange und er steht vor eurer Tür und hält offiziell um deine Hand an. Ist zwar nicht die Reihenfolge, wie sich unsere Eltern das vorstellen, aber immerhin hast du einen Vater zu dem Kind, stimmt's?" Wie so oft rettete sie mit ihrem Pragmatismus die Situation, sodass wir uns fröhlich auf den Heimweg machen konnten. Ich fuhr direkt zu uns nach Hause, hatte aber doch ein mulmiges Gefühl und meine Selbstsicherheit war etwas brüchig geworden. Meine Mutter und meine Schwester waren mir ziemlich egal, aber mein Vater war das Problem. Würde es eine Enttäuschung für ihn sein oder würde er mich verstehen?

Ich ließ mir Zeit, mein Fahrrad in den Schuppen zu stellen und schlenderte gemächlich über den Hof zu unserem Haus. Als ich die Küche betrat, saßen schon alle am Tisch beim Abendessen. „Du kommst spät", mäkelte meine Mutter. „Regeln hatten für sie noch nie eine Bedeutung", beendete meine Schwester den Satz. „Nun setz dich schnell zu uns, wir haben doch gerade erst angefangen", versuchte mein Vater die angespannte Stimmung etwas abzuschwächen. Anstatt den Mund zu halten, fauchte meine Mutter: „Natürlich musst du sie wieder in Schutz nehmen." Für einen kurzen Moment hatte ich in Erwägung gezogen, ihnen die Neuigkeit jetzt direkt zu präsentieren, beschloss dann aber, nach dem Essen zuerst mit meinem Vater allein zu sprechen. Nur auf ihn allein wollte ich Rücksicht nehmen, auf sonst niemanden. „Hat es dir die Sprache verschlagen?", fragte meine Schwester mich schnippisch.

Ich schaute erst sie und dann meinen Vater an, bevor ich sagte: „Zu mir hat mal ein weiser Mann gesagt, wenn man nichts Kluges zu sagen hat, sollte man besser seinen Mund halten." Während ich mich setzte, berührte ich bewusst Vaters Knie. „Ich wusste, dass es nicht gut ist, in diesem Alter von zu Hause fortzugehen", begann meine Mutter erneut. „Diesen Satz, Edda", meinte Vater, „muss ich mir merken, der ist gut. Was sagtest du, von wem hast du ihn?" „Ich sagte, von einem weisen Mann, Vater, den Namen sag ich dir nachher, er fällt mir bestimmt wieder ein." Das Essen verlief eher schweigsam und ich machte auch keine Anstalten, beim Aufräumen und Abwaschen zu helfen. „Vater", begann ich, „hast du einen Augenblick Zeit für mich, ich habe etwas mit dir zu besprechen?" Die beiden Frauen schauten verwundert zu mir herüber, wie ich es wagen konnte, sie auszuschließen. Um ihnen jede Möglichkeit des Zuhörens zu nehmen, schlug ich vor, einen kleinen Spaziergang zu machen, was mein Vater dankend annahm. Meiner Mutter und meiner Schwester musste es nun wohl wirklich die Sprache verschlagen haben, denn es war kein Widerwort zu hören.

Ich setzte mich auf unsere alte Holzbank hinter dem Haus, und während meine Blicke gedankenverloren über die Weinberge schweiften, gesellte sich mein Vater zu mir. Wir saßen einen Augenblick schweigend nebeneinander, als Vater seine Hand auf meinen linken Arm legte und mich fragte: „Wirst du den Vater deines Kindes heiraten, Edda?" Ich spürte wieder einmal unendliche Dankbarkeit, dass er nicht fragte, ob ich einen Vater für das Kind habe bzw. wisse, wer der Vater sei. Ich schaute ihm ins Gesicht und sagte: „Ja, Vater, wir lieben uns und wir werden heiraten." Dann war es still. Jetzt richteten wir beide wieder unsere Blicke nach vorn und die Stille wurde mir langsam unheimlich. „Vater, habe ich dich enttäuscht?" Der Ausdruck seiner Augen sollte mir als Antwort genügen, aber ich wollte es aus seinem Mund hören, er sollte es mir in Gesicht sagen. „Edda, mein liebes Kind, enttäuscht wäre ich von dir, wenn du dir etwas hättest zuschulden kommen lassen oder mein Vertrauen missbraucht hättest. Dir ist ein junger Mann begegnet und ihr habt euch verliebt, so ist der Lauf des Lebens, mein Kind. Ich mache mir nur Sorgen um dich, weil in diesen schweren Zeiten, wo jeder Angst um sein Leben hat, da tut man manchmal Dinge, von denen man glaubt, man würde sie vielleicht niemals erleben, wenn du verstehst, was ich meine?" „Ja, Vater, ich verstehe dich sehr gut", flüsterte ich, „und ich kann noch nicht einmal sagen, dass du unrecht hast, denn wir h a b e n beide Angst, dass wir uns nicht wiedersehen." Als mich wieder meine Tränen überkamen, nahm Vater mich in den Arm. „Na, wie heißt denn mein zukünftiger Schwiegersohn, was macht er und wo kommt er her?", versuchte er die Dramatik unseres Gespräches etwas zu mildern. „Klemens", schluchzte ich, „Klemens Helmbold, er ist Marinesoldat und war zur gleichen Zeit wie ich in Swinemünde mit seinem Schiff. Er ist mir gleich zu

Anfang über den Weg gelaufen und wir haben uns trotz etlicher Unterbrechungen immer wiedergefunden." „Wo ist er jetzt?", wollte Vater wissen. „Nach seinem Lazarettaufenthalt hat er sich auf den Weg nach Falkenberg gemacht, das ist ein kleines Dorf in Schlesien, er will seine Familie suchen."

„Weißt du, was du da sagst, Edda? Die gesamten Ostgebiete sind von den Russen besetzt, das kann er unmöglich schaffen." „Er ist ein willensstarker Mensch und ich glaube an ihn und an die Sache." Mir fielen die Worte von Mutter Havemann wieder ein „… denn das sind wir ihnen und letztendlich auch uns schuldig". „Edda, mein liebes, kleines, starkes Mädchen, recht hast du, wir wollen in die Zukunft schauen, denn der Krieg ist vorbei. Ich wünsche dir und deiner künftigen kleinen Familie alles Glück dieser Welt." „Danke, Vater, aber würdest du mir bitte noch verraten, woher du weißt, dass ich ein Baby bekomme?" „Nun", begann er, „Eltern kennen ihre Kinder, du warst sehr lange fort und bist erwachsen und reifer geworden, sowohl im Aussehen als auch im Verhalten. Diese positiven Veränderungen veranlassen einen Vater, seine Tochter öfter und dann auch länger anzuschauen, als es für gewöhnlich üblich ist. Deine kleine Befindlichkeitsstörung, hauptsächlich in Verbindung mit der Nahrungsaufnahme sowie bei der Zubereitung und den dazugehörenden Gerüchen, sind mir eben aufgefallen." Ich schlang beide Arme um meinen Vater und dankte ihm für sein Verständnis. Seine Augen blickten mich wieder fröhlich an und gaben mir Mut. Ich hatte die erste und für mich wichtigste Hürde genommen. Mit ihm an meiner Seite würde ich auch die kommenden Schwierigkeiten überstehen, davon war ich zu diesem Zeitpunkt noch felsenfest überzeugt. „Edda, es wird das Beste sein, du gehst gleich zu deiner Mutter und erzählst es ihr, es wird ihr ohnehin nicht gefallen, dass du mich zuerst eingeweiht hast." „Ja, ich glaube, du hast recht, aber ohne Caro, ich möchte nicht, dass sie zwischendurch ihre Kommentare abgibt."

„Dann schick sie weg, was aber wohl nicht so einfach sein wird, du kennst ja deine Schwester." „Damit habe ich kein Problem, ich bin schon mit ganz anderen Menschen zurechtgekommen." Durch meinen liebevollen und gütigen Vater gestärkt begab ich mich auf den Weg zur Küche. Etwas zaghaft öffnete ich die Tür und steckte zuerst meinen Kopf hindurch. Ich sah meine Mutter am Küchentisch bügeln, von meiner Schwester Caro keine Spur. Sie blickte hoch: „Na, was gibt es so Geheimnisvolles, was ich nicht wissen darf?", ihre Stimme zitterte vor Neugier. Ich ließ sie noch ein wenig zappeln und fragte: „Wo ist denn Caro?" „Sie ist ins Dorf gefahren, die Amerikaner verteilen Nylonstrümpfe, du hast doch sicherlich schon welche, stimmt's? Man hat mir erzählt, sie tauschen das eine oder andere dagegen." „Kann schon sein", antwortete ich, „ich hab nur gesehen, wie sie den Kindern Schokolade und Kaugummi geschenkt haben ohne Gegenleistung. Schokoladen- und Kekssuppe sowie Brot geben sie ebenfalls aus ihren Feldküchen ab, einfach so, stell dir das mal vor." Ich konnte nicht umhin zu sagen: „Gewisse Angebote unserer weiblichen Bevölkerung sollte man doch nicht mit der Gutmütigkeit und der Hilfsbereitschaft der amerikanischen Besatzer in Zusammenhang bringen." „Wen meinst du damit?", feindete sie mich an, „was willst du mir damit sagen?" „Gar nichts, Mutter, überhaupt nichts, nur solltest du mit derartigen Äußerungen sehr vorsichtig sein, denn viele junge Mädchen und auch Frauen haben 7 schöne Jahre ihres Lebens und der Jugend an den Krieg verloren, und wer kann es ihnen verdenken, dass sie sich jetzt wieder des Lebens freuen." „So schamlos kann nur jemand wie du reden, Edda. Ich glaube, beim Reden ist es bei dir nicht geblieben", dabei blieb ihr Blick einen Moment zu lange an meinem Bauch hängen. „Da wären wir ja gleich beim Thema", sagte ich, „ja, du hast recht, wir bekommen ein Baby und werden heiraten, dann bist du mich endlich los." „Wir, was heißt wir, hast du dich mit einem Ami eingelassen?" „Nein, Mutter", und ich versuchte mich zu beruhigen, „ich habe in Swinemünde meinen zukünftigen Mann kennengelernt." Dann stellte sie die gleichen Fragen wie mein Vater, und ich vermutete schon, meine Antworten würden sie ebenfalls beruhigen.

Was dann folgte, war so ungeheuerlich und perfide, dass ich das Bedürfnis verspürte, sie zu schlagen. Sie unterstellte mir all die schlechten Dinge, die sie mir schon vor meiner Abreise nach Swinemünde prophezeit hatte, und während sie erneut auf meinen Bauch zeigte, meinte sie, das sei nun eben das Ergebnis, sie habe es nicht anders erwartet. Es hätte sie sehr gewundert, wenn es anders gekommen wäre. „Hat Charly sich ebenfalls so herumgetrieben? Nein", gab sich selbst die Antwort, das könne sie sich nicht vorstellen. Obwohl ich mir vor diesem Gespräch sicher war, dass mich der Ausgang nicht belasten würde, war ich jetzt wie vor den Kopf geschlagen. Ich fühlte mich wie in einem Vakuum und die Stimme meiner Mutter entfernte sich immer weiter von mir, obwohl sie mir gegenüber stand. Ich merkte, wie mir die Beine wegsackten, und dann wurde es dunkel um mich. Von einem nassen Lappen auf der Stirn wurde ich wieder wach, oder von den beruhigenden Worten meines Vaters, ich weiß es nicht mehr so genau. „Es wird alles gut, Eddakind", hörte ich ihn sagen, „wir müssen nur ganz fest daran glauben, das hast du selbst zu mir gesagt."

„Was sollen bloß die Nachbarn denken?", keifte meine Mutter. „Die Nachbarn", fuhr sie mein Vater an, „die Nachbarn haben mit sich selbst genug zu tun. Der Vater des Kindes wird Edda heiraten und dann kräht kein Hahn mehr danach, in welcher Reihenfolge das alles abgelaufen ist." In diesem Moment kam meine Schwester zur Küchentür herein: „Was ist denn hier los, ist meiner kleinen Schwester wieder übel, muss sie sich übergeben? Hab mir erzählen lassen, es soll häufiger vorkommen, wenn man geschwängert wurde." „Caro, bitte lass deine dummen Bemerkungen. Ja, es stimmt, deine Schwester bekommt ein Kind und sie wird heiraten." „Wer's glaubt! Da hat doch jemand seinen Spaß haben wollen und ne dumme Gans gefunden." Eine unangenehme heiße Woge durchströmte meinen Körper und ich musste mich übergeben. Caro grinste erst mir und dann meiner Mutter frech ins Gesicht, beide verließen sie die Küche. Hilflos vor Schwäche und Erniedrigung bemühte ich mich aufzustehen, während mein Vater einen Eimer mit Wasser und einen Lappen holte, um das Erbrochene aufzuwischen. „Reg dich nicht auf, es hat keinen Sinn", sagte er, als er wie selbstverständlich den Schmutz beseitigt hatte. Ich war so unendlich dankbar, dass ich meinen Vater hatte. Wie sollte ich ohne ihn alles überstehen? Wer wusste schon, was sich meine Mutter und Caro noch alles einfallen lassen würden? Jetzt verspürte ich nackte Angst. Nachdem ich meinen Mund ausgespült hatte, wurde mir besser und ich setzte mich auf einen Stuhl. „Sag mir, wenn du auf etwas Appetit hast, Edda, ich mach es dir." Ich blickte Vater dankbar an und hatte Mitleid mit ihm, denn er wollte mir beistehen und die Schikanen meiner Mutter und meiner Schwester mit seiner Gutmütigkeit auslöschen. Aber beide wussten wir, dass es einfach nicht möglich war, denn ein schlechter Mensch ist auch ein unberechenbarer Mensch, auf den man sich nicht einstellen kann, jederzeit war man neuen Attacken ausgesetzt. In den meisten Fällen war man dann unvorbereitet und somit auch verletzbar. Ich versuchte mich daran zu erinnern, wie es vor meiner Abreise war, und ich war mir sehr sicher, dass ich eigentlich immer mit Angriffen gerechnet hatte und vorsichtig war. Jetzt war ich verwundbarer, ich fühlte mich wie ein angeschossenes Reh, das von seinen Häschern getrieben wird. Hinzu kam noch, dass beide, meine Mutter und auch Caro, es wieder einmal geschafft hatten, mich mit ihren Bemerkungen zu verunsichern. Ich war so selbstsicher gewesen, die richtigen Entscheidungen getroffen zu haben, zu meiner Liebe und zu meinem Kind zu stehen. Nun schlichen sich durch ganz kleine

Kanäle Selbstzweifel ein. War ich am Ende doch zu gutgläubig oder gar leichtsinnig gewesen?

Als ich wenig später auf meinem Bett lag, spürte ich die Worte meiner Mutter wie Peitschenhiebe. In diesem Augenblick bemerkte ich unterhalb meines Bauchnabels so ein eigenartiges Blubbern, als wenn jemand von innen mit einem kleinen Gegenstand an meine Bauchdecke klopfte. Mein Herz stand still und ich zog meinen Schlüpfer ein wenig herunter. Ich legte beide Hände auf die Stelle. Da war es wieder, ganz sanft und vorsichtig, um mich ja nicht zu verletzen.

Ich spürte unser Kind, wir beide hatten jetzt eine Verbindung durch Klopfzeichen.

Als wollte es mir sagen, ich bin bei dir, sorge dich nicht, wir werden es gemeinsam schaffen. Die ganze Anspannung des späten Nachmittages fiel von mir ab und ich wurde ruhig. Ich begann leise zu flüstern und war mir sicher, dass es mich hören würde, dann war es wieder vorbei und wir beide schliefen bis zu nächsten Morgen. Ich hörte nicht einmal, als Caro ins Bett kam. Oder war sie aus Rücksicht leiser gewesen als sonst? Am nächsten Morgen war ich als Erste wach, da ich ausreichend Schlaf bekommen hatte, und setzte mich auf die Bettkante. Während ich aus dem Fenster schaute, wurde auch Caro wach. Sie drehte sich zu mir um und wollte ein Gespräch anfangen: „Wie ist es denn so, wenn man mit einem Mann zusammen ist, du weißt schon?" Ich hatte zwar keine Lust, die Sache zu vertiefen, aber das Bedürfnis, sie neidisch zu machen, und ich sagte: „Caro, wenn sich zwei Menschen richtig lieben, das ist ein unbeschreibliches Gefühl, wenn sie dann noch miteinander schlafen und da auch die Erfüllung finden ... so stell ich mir den Himmel vor." „Was heißt denn Erfüllung, was spürt man denn?", fragte sie schon fast ärgerlich. „Das musst du schon selbst herausfinden, meine Liebe, dafür finde ich keine Worte." „Blöde Kuh, tu nicht so wichtig und allwissend, die Männer wollen doch nur ihren

Spaß, frag Mutter." „Ich brauche Mutter nicht zu fragen, warum der liebe Gott die Körper von Mann und Frau so angelegt hat. Sicher nicht nur zum Spaß des Mannes, die Frau ist ebenfalls in der Lage, es zu genießen. Wenn wir erst verheiratet sind, werden wir diese Aktivitäten nicht nur zum Kinderzeugen anwenden, das gebe ich dir schriftlich." Als ich auf dem Flur stand und die Zimmertür hinter mir geschlossen hatte, flog von innen etwas dagegen und anschließend krachend auf den Boden. Als ich die Treppe herunterkam, öffnete sich die Küchentür und meine Mutter fragte ärgerlich nach dem Grund des Lärms. „Ich konnte ihr nicht mit Worten beschreiben, wie schön es ist, mit dem Mann zu schlafen, den man von ganzem Herzen liebt." Meine Mutter war tatsächlich nicht in der Lage, darauf zu antworten und schloss die Tür völlig geräuschlos. Als ich mich wenig später zu meinen Eltern an den Frühstückstisch setzte, hatte meine Mutter ihre Fassung wiedergefunden und meinte herablassend: „Da du offensichtlich deinen Horizont auf diesem Gebiet erheblich erweitern konntest, heißt das noch lange nicht, dass ich solche zotigen Redensarten in meinem Haus dulde, merk dir das." „Dann verbiete deiner anderen Tochter, solche Fragen zu stellen", versuchte mich mein Vater zu beschützen, was ihm offensichtlich auch gelang, denn Mutter schwieg, während wir unser Frühstück zu uns nahmen.

Tage und Wochen gingen ins Land und mein Bauch wurde immer runder, aber ich fühlte mich körperlich wohl. An die Bemerkungen innerhalb der Familie hatte ich mich gewöhnt und für eine Weile ebbten sie sogar fast ganz ab, denn mein Zustand gehörte zum Alltag dazu und ich ließ mich nicht provozieren, das machte die Angelegenheit wohl doch nicht mehr so interessant. Charly und ich besuchten uns regelmäßig, wobei ich häufiger bei ihr war als sie bei uns, denn ich fühlte mich in ihrer Familie viel unbeschwerter. In den Stunden, die ich dort war, wurde ich verwöhnt, und das genoss ich. Als ich von einem dieser Besuche mit dem Rad heimfuhr, überholte ich einen Heimkehrer, der nicht als solcher zu übersehen war in seiner zerlumpten Wehrmachtsuniform. Als ich schon fast an ihm vorüber war, hörte ich eine Stimme: „Hallo, Edda, bist du es?" Ich drehte mich herum und sprang vom Rad. Es war Hans, der Sohn unseres Nachbarn. Ich ließ mein Rad fallen, sprang auf ihn zu und umarmte ihn herzlich. „Mensch, Hans, schön dich zu sehen. Bist du gesund?" „Ja, bin ich, nur zum Umfallen müde, ich könnte mich hier in den Straßengraben legen, und Hunger hab ich, verdammten Hunger." „Setz dich auf den Gepäckträger", sagte ich, „ich fahr dich heim." Er schaute mich verwundert von oben bis unten an, „Edda, kriegst du 'n Kind?" „Ja, meinst du, ich schaffe es deswegen nicht?" „Nein, ja, ich mein ja nur, ich kann mich doch nicht von einer werdenden Mutter auf dem Fahrrad nach Hause fahren lassen." „Warum denn das nicht? Frauen und Mütter mussten jahrelang viele Dinge allein erledigen, da hat sich keiner darum gekümmert, ob sie etwas können oder nicht können." Während er noch so dastand und überlegen musste, griff er in die Innentasche seines fadenscheinigen Wintermantels, oder besser gesagt, was davon übrig war, und holte einen Briefumschlag heraus mit den Worten: „Hier, Edda, ich glaube, du wirst dich freuen, der ist für dich. Nun nimm schon, ich möchte jetzt bitte schlafen, baden, essen und trinken." Wie angewurzelt stand ich da und starrte auf den Brief. „Edda, ist dir nicht gut, kommt das Kind schon? Du bist ganz grün im Gesicht." Ich hatte jetzt wieder dieses Gefühl, dass die Stimme von ganz weit her kam, obwohl Hans direkt vor mit stand, nur mit dem Unterschied, dass ich mich nicht übergeben musste. Dieser Teil der Schwangerschaft war überstanden, seitdem wir uns durch Klopfzeichen, aber auch heftiger werdende Tritte von innen verständigten. Jetzt war ich in der Lage, den Brief mit meiner Hand zu greifen, es stand nur „Edda" drauf.

Einerseits wollte ich ihn sofort lesen, andererseits wollte ich auch allein mit ihm und unserem Kind sein. „Ich habe deinen Verlobten in Frankfurt / Oder getroffen, ich kam aus dem Osten und er wollte dorthin. Der muss völlig verrückt sein, da drüben ist alles in russischer Hand, den lassen sie bestimmt nicht wieder weg, wenn er das überhaupt überleben sollte.“ „Mensch, Hans, wie kannst du so etwas sagen, er wird es schaffen.“

„Meine liebe Edda, viele Kameraden waren fest davon überzeugt, sie würden es schaffen. Von meiner Einheit bin ich Nr. 3, alle anderen … na, das kannst du dir wohl denken. Was hältst du davon, wenn ich radele und du dich auf den Gepäckträger setzt?“, fragte er mich. Da ich es plötzlich sehr eilig hatte, willigte ich sofort ein und wir fuhren los. Wir verabschiedeten uns vor seinem Haus und ich lief die wenigen Meter zurück zu unserem Haus zu Fuß. Ich stellte mein Fahrrad ab und ging nicht hinein, sondern setzte mich auf unsere Bank hinter dem Haus.

*Meine über alles geliebte Edda,*
*ich schreibe diese Zeilen in Eile, weil ich deinen Nachbarn*
*Hans getroffen habe und er mir versprochen hat, den Brief*
*bei dir abzugeben. Bis jetzt hat alles irgendwie geklappt,*
*wenn auch sehr umständlich, aber ich bin guter Dinge, dass*
*ich es schaffen werde.*
*Ich liebe dich sehr und freue mich auf ein Leben mit dir.*
*Klemens*

Ich war sehr aufgewühlt, weil ich nach so langer Zeit wieder ein Lebenszeichen von Klemens in der Hand hielt. Es fehlte das Datum, sodass ich nicht erkennen konnte, wie viel Zeit inzwischen vergangen war. Egal, sagte ich mir, er hat sich gemeldet, er liebt mich, er denkt an mich und er freut sich auf ein Leben mit mir.

Das kleine Leben in mir meldete sich ebenfalls, als würde es sich mit mir zusammen auf seinen Vater freuen. Plötzlich verspürte ich einen großen Hunger und ich ging direkt in die Küche zum Abendessen. Diesmal war ich nicht zu spät und bot keinen Anlass für Bemerkungen irgendwelcher Art. Die nächsten Tage verbrachte ich auf Wolke 7 und es ging mir gut. Während dieser Zeit fiel mir auf, dass ich kaum Klopfzeichen gespürt hatte. Hatte ich denn überhaupt welche? Ich wusste es mit einem Mal nicht mehr und geriet in Panik. Am dritten Morgen nach dem Erhalt von Klemens' Brief setzte ich mich, inzwischen schon recht schwerfällig, auf mein Rad und fuhr zu meiner Hebamme. Ich konnte es kaum erwarten, ihre beruhigende Stimme zu hören. Es war ein sehr warmer Spätsommertag und die Menschen waren zu neuem Leben erwacht, in den Weinbergen und Gärten, wo nun nach den langersehnten Kartoffeln und Bohnen jetzt überall Obst geerntet und verarbeitet wurde. So war auch Hedwig in ihrem Garten zu finden. Sie hatte mich gesehen und kam sofort unter ihrem Apfelbaum hervor. „Hallo, liebes Kind, nicht so wild. Du hast dich lange nicht sehen lassen." „Nein, war auch nicht nötig, mir ging es gut."

„Ging?", fragte sie, „geht es dir jetzt nicht mehr gut?" „Ja, nein, ach in weiß es auch nicht, ich spüre nichts mehr seit ein paar Tagen, bitte, untersuchen Sie mich schnell", forderte ich sie auf.

„Geh schon hinein, ich komme sofort, muss mich nur noch waschen, bevor ich dich untersuche." Im Flur überlegte ich kurz, in welchem Zimmer wir gewesen waren, tatsächlich war ich nach meinem ersten Besuch nicht wieder bei ihr gewesen, was meine Angst nur noch steigerte.

Kaum hatte ich das Zimmer betreten, kam Hedwig mit den Worten: „Na, dann wollen wir mal sehen, was da los ist." Nachdem sie die Lage des Kindes festgestellt hatte, suchte sie die Herztöne. Dabei schaute sie sehr ernst, was ich für mich oder besser gesagt uns als bedrohlich empfand. Später erklärte sie mir, sie müsse sich dabei sehr konzentrieren und könne nicht auch noch grinsen wie ein Honigkuchenpferd. Sie konnte mich beruhigen, es sei alles in Ordnung mit meinem kleinen Untermieter. Er habe nicht mehr viel Platz und könne sich nicht mehr so entfalten.

„Edda, eines muss ich dir aber noch sagen, das Kind ist sehr groß und liegt noch nicht in der richtigen Geburtsposition, ich schätze, du hast noch ungefähr 4 Wochen, vielleicht ändert es sich noch, ansonsten muss du in ein Krankenhaus." Ich fiel rücklings wieder auf ihre Untersuchungsliege. „Geburtsposition, was heißt das denn?", brachte ich gerade noch halbwegs verständlich hervor, denn ich war schon wieder kurz vorm Heulen. „Das ist so", begann Hedwig, „die Babys kommen fast immer mit dem Köpfchen zuerst. Liegt das Kind aber genau andersherum, also mit dem Popo im Geburtskanal, kann es bedrohlich werden. Übrigens auch für die Mutter", fügte sie noch hinzu. „Was soll ich es dir verheimlichen, davon halte ich nichts, so bist du jedenfalls vorbereitet. Es bleibt ja noch ein wenig Zeit, vielleicht überlegt es sich noch, sich zu drehen. Du kommst bitte von nun an jede Woche zu mir, ich kann dem Kleinen auch noch mit ein paar Übungen dabei behilflich sein." „Was heißt das denn nun schon wieder? Ich verstehe überhaupt nichts mehr." „Damit brauchst du dich auch nicht zu belasten, Edda, tu einfach das, worum ich dich bitte. Was ich dir noch anbieten möchte: Wie wäre es denn, wenn du in den nächsten Tagen mit deiner gepackten Tasche zu mir ziehst, dann habe ich dich im Auge, hm?" Ohne groß zu überlegen, sagte ich: „Das würde ich sehr gerne, bei Ihnen fühle ich mich sicher. Ich fahre jetzt sofort heim und hole meine Sachen, ist das recht?" „Fahr nur, Kind, ich freue mich." Auf dem Rückweg hielt ich bei Charly an und erzählte allen, dass ich kurzfristig umziehen würde. „Das ist ja prima", sagte Charly, „dann komme ich auch mit, Mama, darf ich?" „Ja, fahrt nur, ihr zwei, und genießt die letzten freien Tage ohne diesen kleinen Schreihals." „Charly", sagte ich, „dann kommst du aber auch mit zu mir und unterstützt mich, wenn ich das meiner Mutter erzählen muss." Etwas säuerlich entgegnete sie: „Wenn nicht für dich, für wen dann. Edda hast du schon gehört, dass der gesamte Bereich hier bei uns zur Sperrzone erklärt wurde? Da werde ich vorerst keine Post mehr von Eddi bekommen und ich kann ihm auch nicht schreiben." Charly sah traurig aus und ich versuchte, sie abzulenken, indem ich ihr von meinem Besuch bei Hedwig erzählte: „Sie hat mich ganz schön beunruhigt. Sie hat gesagt, das Kind ist sehr groß und liegt mit dem Popo im Geburtskanal." „Nicht im, sondern vor dem Geburtskanal, du Dummchen", lachte Charly. „Woher weißt du das denn?", wollte ich wissen. „Meine Mutter hat so ein dickes blaues Buch und da schaue ich ab und an hinein, hochinteressant kann ich nur sagen." „Das will ich gar nicht alles wissen", blökte ich sie an, „je mehr Sorgen mache ich mir."

Wir setzten uns auf unsere Räder und fuhren los. Als wir unser Haus erreichten und die Küche betraten, saßen alle am Mittagstisch. Charly begrüßte alle sehr höflich, sodass Mutter von irgendwelchen Nörgeleien abgehalten wurde. Vater bot ihr an, mit uns zu essen, was sie auch dankend annahm. Als wir alle mit dem Essen fertig waren, ließ ich die Katze aus dem Sack. Ich erzählte von dem Besuch bei Hedwig und dass diese es für erforderlich hielt, mich zu beaufsichtigen. „Ja", meinte Vater, „dem wollen wir uns fügen, sie wird schon wissen, was richtig ist", und schaute mich dabei aufmunternd an. Gleich nach dem Essen stand ich auf: „Charly kommst du mit, ein paar Sachen packen?" Ich erwartete eigentlich, dass meine Schwester Caro uns folgen würde, um noch einige Gehässigkeiten loszuwerden, aber dem war nicht so. Meine Tasche war im Nu gefüllt und ich stand abmarschbereit in der Tür. „Zeig mal deine Babysachen",

forderte Charly mich auf. „Babysachen, was für Babysachen?",
sagte ich, und in diesem Moment wurde mir so heiß, als hätte
ich meine Finger in unsere Steckdose gesteckt. „Du willst mir
doch jetzt nicht allen Ernstes weismachen, dass du nichts zum
Anziehen für dein Kind hast, ganz zu schweigen von Windeln.
Es wird dir mit Sicherheit nicht gleich sagen können, wann es
muss, du verstehst, was ich meine." Ich fing mal wieder an zu
heulen, denn das war mir alles zu viel, hinzu kam noch, dass
ich mich fürchterlich schämte, nicht vor Charly, sondern vor
unserem Kind. „Wenn wir gleich zurückfahren, kommst du
noch kurz mit zu uns, ich glaube, meine Mutter hat da noch
ein paar verborgene Schätze auf dem Dachboden." „Wie kann
man monatelang ein Kind austragen und sich keine Gedanken
darüber machen, dass es Windeln und warme Sachen zum Anziehen braucht?", ich war völlig fassungslos. Ebenso furchtbar
war für mich die Erkenntnis, dass meine Mutter nicht mit einer
Silbe jemals dieses Thema berührt hatte, sicherlich würden doch
bei uns auf dem Speicher auch noch Sachen von Caro und mir
lagern. Warum hatte sie mir diese nicht angeboten? Ich hatte
mir für mein Leben als Mutter sehr viele Dinge vorgenommen,
die ich mit meinen Kindern anders und besser regeln wollte, als
es meine Mutter tat. Nun, wir würden sehen.

Charlys Mutter begrüßte mich mit den Worten: „Da werden
wir schon was für euch finden, Edda, mach dir keine Sorgen."
Nach einigen Minuten kam sie mit einem alten Koffer wieder
zurück und klappte den Deckel auf. Ihre Augen begannen zu
glänzen, als sie den Inhalt erblickte. „Ich werde alles für dein
Kind waschen, damit es frisch und sauber ist, ich bringe es euch
vorbei. Das sind aber nur Leihgaben, meine liebe Edda, vielleicht
brauche ich sie noch einmal", und dabei grinste sie uns an und
zwinkerte mit dem rechten Auge. „Mama, was willst du damit
sagen? Bekommen wir etwa noch einmal Familienzuwachs?",

fragte Charly. „Nicht, das ich wüsste, aber das kann sich schnell ändern, nicht wahr, Edda?"

Charly packte ihre Siebensachen, und völlig ausgelassen machten wir uns auf den Weg zu Tante Hedwig mit einer Mettwurst von unserem illegalen Schwein, eingeweckten Bohnen und Marmelade. Vater hatte uns die Sachen heimlich zugesteckt, denn Mutter durfte es nicht wissen, dann hätte es wieder Krach gegeben. Dieser Vater war einzigartig, das wusste ich, und Trauer überkam mich bei dem Gedanken, mich eines Tages von ihm zu trennen. Wir waren immer Verbündete gewesen, was eben auch bedeutete, dass ich für ihn da war, was ihm ebenfalls gut tat, gerade auch in Verbindung mit meiner Mutter. Caro verhielt sich ihm gegenüber neutral, jedenfalls feindete sie ihn nicht an und unterstützte meine Mutter nicht bei irgendwelchen Attacken gegen ihn. Wenn es um mich ging, war sie jederzeit einsatzbereit und hatte stets eine Gemeinheit parat.


Hedwig zeigte uns ein Zimmer gleich neben ihrem Untersuchungsraum, dort standen 2 Betten frisch bezogen. Sie meinte, sie sei immer gut vorbereitet, wenn es um werdende Väter oder ängstliche Geschwisterkinder ginge. Nachdem wir unsere wenigen Habseligkeiten im Kleiderschrank verstaut hatten, beschlossen wir, mit den Köstlichkeiten das Abendbrot vorzubereiten. Zum Abschluss gab es selbst gebackenes Weißbrot und Erdbeermarmelade, einfach köstlich. Wenig später beschlossen wir, ins Bett zu gehen, denn es war ein sehr anstrengender Tag gewesen und ich fühlte mich schlapp. In meinem Magen drückte es, was ich aber auf das frische Brot und den derzeitigen Platzmangel schob. Tante Hedwig stellte uns noch einen Becher warme Milch mit Honig auf den Nachttisch und wünschte uns eine gute Nacht. Ich war sicherlich kein guter Gesprächspartner mehr, denn kaum hatte ich meine Milch getrunken, fiel ich in einen unruhigen Schlaf. Irgendwann in der Nacht wachte ich schweißgebadet auf und spürte immer noch diesen seltsamen Druck in der Magengegend, der sich aber weiter in den Rücken ausgedehnt hatte. Ich versuchte es zu ignorieren und bemühte mich, wieder einzuschlafen, was mir tatsächlich auch gelang. Am nächsten Morgen weckte mich Charly, indem sie die Gardinen aufzog. Die warmen Sonnenstrahlen erreichten mein Gesicht. „Hallo, du kleine dicke Schlafmütze, raus aus den Federn. Weißt du, wie spät es ist?" „Du wirst es mir sicherlich gleich verraten", sagte ich etwas gereizt, denn irgendwie fühlte ich mich, als hätte ich in der Nacht Steine geschleppt. „Es ist schon fast Mittag, meine Liebe", stellte Charly fest. „Ich habe ganz schlecht geschlafen und musste wohl ein wenig nachholen." „Schon gut, ruh dich nur aus. Soll ich dir dein Frühstück ans Bett bringen?" „Würdest du das tun? Du bist ein Schatz." Ich glitt zurück in die Kissen. Es dauerte nicht lange und ich bekam eine heiße Milch und das köstliche Weißbrot mit der Erdbeermarmelade. Charly setzte sich, während ich aß, zu mir auf die Bettkante. „Was denkst du, was es ist, ein Junge oder ein Mädchen? Und wie wird es aussehen?" „Hm", versuchte ich mit vollem Mund zu antworten, „egal, was es ist, ich bekomme etwas von Klemens, was uns das ganze Leben begleiten wird, ist das nicht wundervoll? Ich habe keine Vorstellung, wie es aussehen wird, das macht die ganze Geschichte erst richtig spannend. Schade ist nur, dass Klemens nicht in meiner Nähe ist." „Für ihn wird es wohl mehr als eine kleine Überraschung sein, denn er weiß doch gar nicht, das du ein Baby bekommst, stimmt's?" „Da könntest du recht haben, aber Kinder gehören für ihn zu einer Familie, das hat er mir gesagt, er selbst hat vier Geschwister." Als ich mich gestärkt hatte, stand ich auf, wusch mich und zog mich an. Hedwig und Charly waren in der Küche und kochten Apfelmus ein. „Na, wie geht es euch beiden?", wurde ich von Tante Hedwig begrüßt. „So la la, ich fühle mich nicht so besonders." „Das ist völlig normal, so kurz vor der Niederkunft, schon dich nur und fahr bitte kein Fahrrad mehr, denn mit deiner Leibesfülle bis du nicht mehr so gelenkig. Nachher fällst du noch, wir wollen kein Risiko eingehen. Wenn ich hier fertig bin, möchte ich noch einmal schauen, ob sich die Lage des Kindes verändert hat." Da das mehr ein Befehl als eine Bitte war, setzte ich mich artig zu den beiden und wartete. „Ich kann doch auch Äpfel schälen, oder ist das zu anstrengend für mich?", fragte ich mit einem leicht ironischen Unterton. „Das geht in Ordnung", meinte Hedwig, „ein wenig Gegenleistung für Kost und Logis kann ich vertreten, aber mehr auch nicht."

Als alle Äpfel verarbeitet waren, gingen wir in das Untersuchungszimmer und ich legte mich auf die Liege. Hedwig tastete meinen Bauch ab und dieses Mal lächelte sie zufrieden. „Na, wer sagt's denn, es geht doch. Hast du gestern oder heute Nacht irgendeine Veränderung gespürt, Edda?" „Veränderung", fragte ich, „mir war gestern nach dem Abendessen etwas komisch und ich hatte so einen Druck im Magen, der sich in der Nacht auf den Rücken ausdehnte. Da ich aber sehr viel gegessen hatte, meinte ich, das sind wohl Blähungen." „Nun, mein Liebe, dein Kind hat sich auf den richtigen Weg gemacht und sitzt auf gepackten Koffern, ich vermute, dass wir sie oder ihn heute im Laufe des Tages oder spätestens morgen in Empfang nehmen können. Ich werde nachher kurz bei Doktor Lenz vorbeischauen. Vielleicht brauchen wir ihn." „Wieso?", wollte ich wissen, „Sie holen doch sonst auch die Kinder allein auf die Welt, was brauchen wir Doktor Lenz?" „Wie ich dir anfangs erklärt habe, bekommst du ein ziemlich großes Kind und die Geburt wird nicht sehr leicht werden, da ist es besser, wenn ein Arzt dabei ist." Dieser Satz kam sehr bestimmend und in einem Tonfall, der keine weiteren Hinterfragungen erlaubte. Ich hatte verstanden. Sie merkte es dann wohl und fügte hinzu, während sie ihre Hand auf meinen Bauch legte: „Ich habe in meinem Leben vielen Hundert Kindern auf die Welt geholfen, und es waren weiß Gott nicht immer Bilderbuchgeburten. Hab Vertrauen, es wird alles gut werden, du musst nur ganz fest daran glauben."

Nach dem Mittagessen legten Charly und ich uns auf eine Wolldecke unter einen der Apfelbäume und genossen den warmen Spätsommertag. „Wie schön die Welt doch wieder ist", sagte ich, „eine himmlische Ruhe, keine Bomben mehr, keine Angst, so langsam läuft alles wieder in geregelten Bahnen." „Obwohl sich für viele Menschen das Leben kolossal geändert hat durch Vertreibung aus der Heimat und Verluste unzähliger Ehemänner, Väter, Brüder. Diese Wunden werden niemals heilen", meinte Charly. Wir genossen zwar die kleinen Annehmlichkeiten, und dazu gehörten ganz alltägliche Dinge wie z.B. Seife. Wir hatten begriffen, wie vergänglich alles ist und dass nichts, aber auch gar nichts unendlich ist. . Der Krieg hatte vor allem auch den Kindern Schäden zugefügt, ganz einfach, weil er ihnen ihre sorglose unbeschwerte Zeit gestohlen hatte. Sie hatten keine Möglichkeit, auf das Leben vorbereitet zu werden. Viele kleine Menschen mussten Dinge tun und auch erleben, die selbst Erwachsenen Alpträume bereiteten. Wie viele Erwachsene waren traumatisiert und würden es für den Rest ihres Lebens bleiben? Viele meinen, Kinder vergessen alles Schlechte wieder, aber das stimmt nicht. Die Verletzungen der kleinen Seelen waren nicht so offensichtlich, aber sie hinterließen genauso Narben wie bei den Soldaten im Lazarett. Während wir so über das Leben philosophierten, hörten wir eine Fahrradklingel. Charlys Mutter kam auf den Hof geradelt. „Hallo, ihr zwei", rief sie und sprang vom Rad. Sie nahm den Koffer vom Gepäckträger und kam zu uns auf die Decke.

Ich wollte mich gerade aufrichten, um sie zu begrüßen, als es „Platsch" machte und mein Schlüpfer sowie die Wolldecke unter mir völlig nass wurden. Ich muss wohl sehr komisch geguckt haben, denn Charlys Mutter sagte nur: „Freust du dich denn gar nicht?"

„Wenn ich es nicht besser wüsste, würde ich denken, ich habe mir in die Hose gemacht. Es ist alles nass." „Nun, dann geht es jetzt los, die Fruchtblase ist geplatzt, und das bedeutet, dass der kleine Zwerg endlich kommen möchte." „Oh, Gott", sagte Charly, „und Tante Hedwig ist auf dem Weg zu Doktor Lenz." In diesem Augenblick spürte ich einen Schmerz in meinem Unterleib, so etwas hatte ich noch nicht erlebt. Ich rollte mich auf die Seite und jaulte wie ein Hund. „Das war die erste Geburtswehe, die jetzt in regelmäßigen Abständen kommen, die Abstände werden allerdings immer kürzer. Mit jeder Wehe kommt das Kind ein Stückchen weiter" versuchte mich Charlys Mutter zu beruhigen. Charly sagte: „Ich werde zu Doktor Lenz fahren und Tante Hedwig holen." Vorher holte sie mir noch einen kalten nassen Lappen und legte ihn mir auf die Stirn. Sie schnappte sich das Rad ihrer Mutter und raste vom Hof. „Du brauchst keine Angst zu haben, Edda, es wird schon alles gut gehen, Tante Hedwig ist eine erfahrene Hebamme." Im Moment machte ich mir nur Gedanken über die nächste Wehe und in welchen Abständen ich das ertragen musste. Um mich abzulenken, redete Charlys Mutter auf mich ein: „Wenn du nachher dein Kind in den Armen hältst, dann hast du das alles vergessen. Nach meiner Erfahrung ist das wohl das einzige Ereignis, wo man wirklich das Unangenehme völlig aus seinem Bewusstsein streichen kann. Bei allen anderen schlimmen Sachen bleiben doch erhebliche Narben zurück. Ich finde es sehr schade, dass die Ehemänner, die künftigen Väter, von all dem nicht das Geringste ahnen. Nun, so bleibt uns Frauen jedenfalls etwas Lebenswichtiges, wo kein Mann reinreden kann." Indes die zweite Schmerzattacke von mir Besitz ergriff, hörten wir ein Knattergeräusch, das immer lauter wurde. „Das ist Doktor Lenz mit seinem Moped." Gleich hinterher kam Tante Hedwig, sie hatte wohl auch ordentlich Gas gegeben mit ihrem Drahtesel. Sie blickten zu uns herüber und wechselten ein paar Worte. Dr. Lenz kam zu uns herüber und Hedwig ging mit Charly, die inzwischen ebenfalls angekommen war, in die Küche. Nachdem sich Doktor Lenz mir kurz vorgestellt hatte, Charly s Mutter kannte er wohl schon, untersuchte er mich, ohne zu sprechen. Ich sah nur wieder dieses ernste Gesicht, aber wie mir Hedwig erklärt hatte, bedeutete es in diesem Fall sicherlich nur Konzentration. „Junge Frau", begann er, „ich möchte eigentlich nicht, dass Ihr Kind hier draußen auf der Blumenwiese zur Welt kommt. Obwohl es durchaus reizvoll wäre, doch leider nicht gerade hygienisch. Da die Fruchtblase offensichtlich geplatzt ist, dürfen Sie nicht mehr laufen, also werden wir Sie auf dieser Wolldecke ins Haus transportieren." Hedwig und Charly kamen mit einer zweiten Decke wieder zu uns, die zur Verstärkung dienen sollte. Jeder von ihnen nahm zwei Zipfel in die Hand und so liefen sie ins Haus. Während sich Charlys Mutter über mich beugte, um die Decke anzuheben flüsterte ich ihr zu: „Da gibt ja schon wieder ein Mann den Ton an", und wir beide mussten lachen. Als sie mich auf der Liege herunterließen, schrie ich auf vor Schmerz, denn es kam eine neue Wehe. Der Arzt schaute auf seine Uhr und zählte. „Das Köpfchen ist schon zu sehen, Edda", sagte Hedwig, „du hast es bald geschafft." Dennoch sah ich ihren sorgenvollen Blick, der zu Doktor Lenz wanderte. Konzentration, Konzentration, versuchte ich mich zu beruhigen.

Ich weiß nicht mehr, wie lange ich mich schon abmühte, ich hatte jedes Zeitgefühl verloren, es erschien mir unendlich. Auch kam es mir so vor, als ob es nicht vorwärts ginge. Zwischen zwei Wehen zogen sich Doktor Lenz und Tante Hedwig ein klein wenig zurück und schienen sich zu beraten. Charly und ihre Mutter hatten das Zimmer verlassen und waren hinausgegangen in den Garten. Ich konnte sie durch das Fenster sehen. Einige Wortfetzen drangen an mein Ohr: „Klinik ... zu lange ... Becken zu schmal." „Entweder sprecht ihr so, dass ich gar nichts hören kann, oder ihr erklärt mir, was los ist, denn das, was ich

höre, macht mir noch mehr Angst", rief ich ihnen zu. „Edda",
sprach Hedwig, während sie wieder zu mir kam, „wie du weißt,
ist das Kind sehr groß, es liegt jetzt zwar richtig, aber es ist
eine schwere Geburt." Doktor Lenz öffnete seinen Arztkoffer
und holte einen Gegenstand heraus, der mich irgendwie an eine
Zange erinnerte. „Das ist eine Geburtszange, ich werde sie jetzt
in der Küche sterilisieren, indem ich sie abkoche und dann wollen wir hoffen, dass es damit vorangeht." Hedwig streichelte
meinen Kopf, um mich zu beruhigen: „Du musst sehr tapfer und
stark für dein Kind sein, es braucht deine ganze Kraft, Edda."
„Ich will ja alles tun, um ihm zu helfen, nur warum geht es
nicht weiter?" Wieder kam eine neue Wehe, in der ich meinte,
mir würde der Kopf vom Pressen bald platzen. „Wie spät ist es
eigentlich?", fragte ich Tante Hedwig, als unser Doktor mit
seinem komischen Geburtshelfer wieder zur Tür hereinkam. Da
er eine knappe Erklärung für den Einsatz abgab, die ich ohnehin
kaum verstand, blieb mir Tante Hedwig eine Antwort schuldig.
Sie sagte nur: „Bei Erstgebärenden dauert es immer ein wenig
länger. Du wirst sehen, wenn du noch mehr Kinder bekommst,
wird es jedes Mal leichter." Ich fand diese Bemerkung weder wit-
zig noch beruhigend. Ob ich das jemals wieder erleben wollte,
darüber würde ich noch nachdenken müssen. Obwohl ich eins
schon sagen konnte: Die Angst um dieses Kind überwog, die
Schmerzen würden vergehen. Was bei einer Geburt schief gehen
konnte, damit hatte ich mich vorher nicht befasst, was im Nach-
hinein auch besser war. Irgendwann um Mitternacht, es war
stockdunkel und ich hörte die Kirchturmuhr schlagen, befand
ich mich in einem Stadium, wo ich meinte, ich müsste sterben.
Ich wollte und konnte nicht mehr, meine Kraft war aufgebraucht
und aller Mut hatte mich verlassen. Doktor Lenz und Tante
Hedwig zeigten ebenfalls Ermüdungserscheinungen – oder war
es Hilflosigkeit, die von ihnen Besitz ergriffen hatte? Charly
wechselte sich mit ihrer Mutter ab, nach uns zu schauen und die

beiden mit Tee zu versorgen. Ich bekam nichts, weil ich mich schon diverse Male hatte übergeben müssen. Mein Körper gehorchte mir nicht mehr. Zwischendurch versuchte Hedwig die Herztöne meines Kindes zu finden, das verzweifelt versuchte, auf die Welt zu kommen. Sie schaute Dr. Lenz an und schüttelte kaum wahrnehmbar den Kopf. Ich war sensibel geworden für Blicke, Augenaufschläge und kurze Bewegungen mit dem Kopf, aber völlig kraftlos, um noch Fragen zu stellen, auf die ich keine Antwort bekommen würde.

So verging Stunde um Stunde und der Morgen kam. Mit einer letzten, übergroßen Kraftanstrengung, von der ich meinte, mein Körper würde in zwei Stücke gerissen, kam unser Sohn auf die Welt. Wieder hatte ich dieses Gefühl, die Stimmen um mich herum würden von ganz weit her kommen und dann wurde es wieder dunkel. Als ich meine Augen wieder öffnen konnte, war es Tag und die Sonne schien in unser Zimmer. An meinem Bett saß Tante Hedwig uns hielt meine Hand. War alles nur ein böser Traum gewesen? Ich befühlte meinen Bauch: nein kein Traum. „Wo ist es, wo ist mein Kind, ist es ein Junge oder ein Mädchen?", fragte ich, wobei ich mich aufzurichten versuchte, um nachzuschauen, ob neben mir in dem kleinen Bettchen etwas zu sehen war. Tante Hedwig nahm mich in ihre Arme und drückte mich gleichzeitig wieder zurück in die Kissen: „Edda, es tut uns allen so leid, aber der kleine Kerl hat es nicht geschafft." „Was heißt das, er hat es nicht geschafft? Du hast mir doch erzählt, er sei kräftig." „Ja, das stimmt, aber die Geburt war sehr anstrengend, auch für ihn, und da kommt es vor, dass der Sauerstoff nicht ausreicht. In deinem Fall hatte das Kind die Nabelschnur um den Hals, was keiner verhindern konnte. Die Nabelschnur stranguliert das Kind, da kann es noch so kräftig sein." Ich war völlig fassungslos und wollte es nicht glauben, ein Weinkrampf überkam mich, der sich zu einem Schreien steigerte. Dieses Schreien, das ich in meinen Ohren hören konnte, erinnerte mich an das Lazarett in Swinemünde. Tante Hedwig ließ mich gewähren, bis alle Tränen und das bisschen Kraft, was ich in meinem kurzen Schlaf wieder geschöpft hatte, völlig versiegt waren. „Wo ist er? Ich will ihn sehen", flüsterte ich, „ich will zu ihm." „Der Doktor hat ihn mitgenommen, er wird sich um alles kümmern." „Er wird sich um alles kümmern, was heißt das? Es ist mein Kind, darüber habe ich zu bestimmen."

„Edda, bitte beruhige dich, es ist besser so. Es war eine Totgeburt und es muss vorschriftsmäßig beerdigt werden. Wenn du wieder bei Kräften bist, gehen wir mit dir auf den Friedhof. In deinem jetzigen Zustand darfst du nicht aufstehen, denn du hast sehr viel Blut verloren, und das, mein liebes Kind, ist eine Anordnung von Doktor Lenz. Er wird heute Nachmittag noch einmal nach dir schauen."

Ich hatte alles verloren, von dem im glaubte, dass es mein künftiges Leben bestimmen würde. Mit dem Verlust meines Kindes war auch die Hoffnung, Klemens wiederzusehen, verschwunden. Mein Glaube an die Zukunft, unsere gemeinsamen Pläne für unser Leben hatten mit diesem kleinen Wesen die Welt verlassen. Ich fühlte mich wie tot und ich wollte auch nicht mehr leben. Was hatte es denn für einen Sinn, an das Gute zu glauben, an einen positiven Ausgang, wenn man doch enttäuscht würde? Ich suchte einen Schuldigen und fand keinen. Tante Hedwig versuchte mir zu erklären, dass dieser kleine Mensch vielleicht viel größerem Leid in seinem späteren Leben aus dem Weg gegangen ist. „Ja", sagte ich, „aber warum bin ich dann überhaupt schwanger geworden?" Darauf wusste auch sie keine Antwort. „Dann wäre uns allen viel Leid erspart geblieben, findest du nicht auch? Warum bist du eigentlich nicht verheiratet und hast Kinder?", wollte ich von ihr wissen. „Mein Mann ist im Ersten Weltkrieg gefallen und unsere kleine Tochter ist an einer Darminfektion gestorben, wie viele damals. Ich weiß, was es heißt, ein Kind zu verlieren, Edda. Dieses Kind, selbst wenn du es nicht kennengelernt hast, wird einen Platz in deinem Herzen haben bis zu deinem letzten Atemzug." „Hättest du nicht wieder heiraten können und eine neue Familie gründen?", wollte ich wissen. „Gelegenheiten gab es sicherlich genug, aber ich wollte keinen anderen Mann. Es war die Liebe meines Lebens und so etwas kann man nicht einfach durch einen anderen Mann ersetzen. Ich habe mich voll auf meine Arbeit konzentriert, die mein ganzes Leben bestimmt hat, denn Kinder kommen, wann sie wollen, zu jeder Tages- und Nachtzeit, nicht nach Plan. Es wäre sicherlich nicht ganz einfach gewesen für einen Ehemann und Kinder. Ich betrachte mich als Mutter dieser unzähligen Babys, viele von ihnen sind inzwischen selbst erwachsen und haben Kinder bekommen, denen ich auf die Welt geholfen habe. Und wie du erlebt hast, werde ich immer noch gebraucht."

Ich hatte jemanden, der mein Leid teilte, weil er etwas Ähnliches erlebt hatte, das machte uns zu Verbündeten. Hedwig hatte mir durch ihre Offenbarung wieder etwas Kraft gegeben und ich musste zu meiner Schande auf ihre Frage, ob ich etwas essen wolle, ja sagen. „Das Leben geht weiter, Edda, so grausam es auch sein mag. Es werden immer wieder Dinge passieren in unserem Leben, die wir nicht verstehen. Wir stehen immer wieder auf am Morgen und begrüßen den neuen Tag in der Hoffnung, dass er etwas Schönes für uns bereithält. Dieser heutige Tag gehört zu deinem Leben und es werden noch viele Tage folgen, sicherlich nicht immer mit schönen Dingen, aber es werden viele, viele wunderschöne Tage kommen, da kannst du sicher sein. Du darfst nur nicht resignieren und aufgeben, du musst kämpfen, selbst wenn nicht immer alles glatt geht. Du kämpft jetzt für deinen Klemens, hörst du?" Sie verließ das Zimmer mit den Worten: „Ich schicke Charly zu dir, die wartet schon ganz sehnsüchtig darauf, dass ich sie zu dir lasse." Es dauerte nicht lange und Charly kam mit einem Tablett zur Tür herein. Mit einem verkrampften Lächeln stellte sie es auf den

Boden, nahm mich wortlos in die Arme und drückte mich ganz fest an sich. „Ich weiß nicht, womit ich dich trösten kann", flüsterte sie mir ins Ohr. Da ich keine Tränen mehr hatte, konnte ich ihr sagen, dass sie einfach nur bei mir bleiben solle. „Das werde ich, das verspreche ich dir, solange du willst, und wenn es bis zum jüngsten Tag ist." „Wenn nur Klemens hier wäre, er weißt nicht einmal, dass ich schwanger war. Mein Gott, wie soll ich ihm das alles erklären?" „Edda, du wirst Zeit haben, über alles in Ruhe nachzudenken und Klemens wird irgendwann wieder an deiner Seite sein. In der Küche ist Besuch für dich, der ebenfalls sehnsüchtig darauf wartet, dich in die Arme nehmen zu können." „Das kann nur mein Vater sein, denn wer außer Klemens interessiert sich denn noch für mich?" „Na hör mal", tat sie entrüstet und stemmte ihre Arme in die Hüften, „was tue ich denn, ist das etwa nichts?" „Anwesende ausgeschlossen, das weißt du doch, und du weißt genau wie ich, dass ich ohne dich und deine Familie verloren gewesen wäre, Charly." Während sie schon halb aus dem Zimmer war, um meinen Vater zu holen, rief ich ihr hinterher: „Ich hab dich ganz doll lieb, vergiss das nie, hörst du?" Sie kam noch einmal zurück an mein Bett, beugte sich zu mir herunter und gab mir einen Kuss auf die Stirn. „Ich dich auch." Keine zwei Minuten später klopfte jemand ganz vorsichtig an die Tür. Da diese nur angelehnt war, betrat er sofort das Zimmer und stand auch schon an meinem Bett. Er nahm mich in seine großen kräftigen Arme und hielt mich fest umschlungen, ohne etwas zu sagen. Ich hörte ihn weinen. Als er sich wieder gefangen hatte, sagte er kaum hörbar: „Edda, es tut mir so leid." „Papa, ich danke dir, dass du gekommen bist. Es tut gut zu wissen, was du fühlst." „Mein Kind, wer weiß, wozu es gut ist. Alles auf dieser unendlichen Welt scheint irgendwie einen Sinn zu haben, wenn wir ihn auch nicht gleich als solchen empfinden in unserem derzeitigen Kummer. Denn Kummer und Leid, wie du zurzeit erfahren musst, empfinden wir Menschen als übermächtig und ungerecht, weil wir uns nicht dagegen wehren können. Wir müssen es einfach ertragen und verstehen es nicht. Aber wir dürfen nicht verzweifeln. Dein Kind, liebe Edda, ist jetzt da oben im Himmel und wer weiß, welchem Schicksal es auf dieser Welt entgangen ist, sieh es doch einmal so." „Nein, Vater, es tut mir leid, das kann und will ich nicht. Denn wozu ist es dann überhaupt entstanden und neun Monate herangewachsen? Es hat Kontakt zu mir aufgenommen. Ich habe es gespürt, wir haben uns verständigt und du wirst es mir nicht glauben, es hat mir, als ich sehr verzweifelt war, Trost gegeben. Es war ein Teil von Klemens, seinem Vater, dem Mann, den ich mir für unser gemeinsames Lebens gewünscht habe. Viele Zweifel, die durch Mutter und Caro entstanden sind und mich verunsichert haben, konnte dieses Kind mir nehmen, weil es die Verbindung zu Klemens war. Jetzt erscheint mir alles wie ein böser Traum und ich fange an zu glauben, was die beiden mir einzureden versuchten, nämlich, dass ich ihn niemals wiedersehe." „Das darfst du nicht, Edda, so etwas lass bitte nicht zu. Klemens wird zu dir zurückkehren. Mutter und Edda lassen dich grüßen und es tut ihnen leid, dass du dein Kind verloren hast." „Vater, ich will nicht sagen, dass ich es dir nicht glaube, aber meinst du nicht auch, dass sie jetzt ebenfalls hier sein müssten?" Ich dachte insgeheim, wenn auch nicht Caro, wenigstens meine Mutter. Vater schaute mich an und er dachte sicherlich ebenso wir ich. „Deine Hebamme meint, dass du in ein paar Tagen wieder aufstehen kannst. Ich werde dich zum Wochenende abholen und dann kannst du wieder in deinem eigenen Bett schlafen." Ich merkte, wie mir heiße Tränen aus den Augenwinkeln liefen, und so konnte ich nicht darauf antworten. Es war auch besser, denn ich wollte nicht dorthin zurück und schon gar nicht in mein Bett zusammen mit Caro in einem Zimmer, aber das behielt ich für mich. Da ich meine Augen geschlossen hielt, verließ mein Vater leise das Zimmer, da er annahm, ich sei eingeschlafen. Was sollte nun aus mir werden? Auf keinen Fall wollte ich in mein Elternhaus zurück, es erschien mir alles aussichtslos. Während ich immer weiter in meine Trauer und Verzweiflung hinabglitt, hörte ich, wie jemand ganz leise das Zimmer betrat. Es war Charly. „Hallo, meine Kleine, wie geht es dir?" „Na, so la, la, mein Vater ist furchtbar lieb zu mir, aber wenn ich mir vorstelle, dass ich dort wieder einziehen soll … einfach grauenvoll." „Du", begann sie, „meine Mutter hat vorgeschlagen, dass du für's Erste bei uns bleiben kannst, bis sich deine Situation geklärt hat, was sagst du dazu?" „Es wäre zu schön, um wahr zu sein, aber meinst du, ich könnte meinem Vater das antun?" „Edda, so lieb, wie der dich hat, so hat er auch Verständnis für deine Entscheidung, denn er weiß ja schließlich um deinen schweren Stand bei deiner Mutter und deiner Schwester. So kann er auch beruhigt sein, dass du deine Ruhe hast und ohne ständige Sticheleien wieder gesund wirst." „Ja, ich glaube, du hast recht, er wird mich verstehen. Ich will jetzt nur noch, dass Klemens zu mir zurückkommt und endlich ein neues Leben beginnen. Wenn ich die Hoffnung nicht mehr hätte, würde ich es hier nicht mehr aushalten." „Du wirst sehen, eines Tages steht er vor der Tür und nimmt dich mit. Ich werde dich jetzt allein lassen, damit du noch ein wenig schlafen kannst bis zum Abendbrot, dein Vater hat ein paar leckere Sachen für uns mitgebracht." Ich drehte mich zur Wand und zog mir die Decke über den Kopf in der Hoffnung, so schnell wie möglich einzuschlafen. Ich wollte von all diesen Dingen nichts mehr hören. Ich hatte das Gefühl, Seifenblasen festhalten zu wollen, von denen eine nach der anderen zerplatzte. Ich fiel augenblicklich in einen tiefen unruhigen Schlaf, in dem Caro an meinem Bett erschien, um mir mitzuteilen, dass Klemens sich für sie entschieden hatte und nicht für mich. Schweißgebadet erwachte ich und mein Herz klopfte so laut, dass ich das Pochen in meinen Ohren wahrnahm.

Es kam jemand die Treppe heraufgerannt und Charly stürzte in mein Zimmer. „Was ist los? Du hast geschrieen." Völlig verwirrt starrte ich sie an und erzählte ihr dann von meinem Traum. „Das ist deine Angst um ihn, das beschäftigt dich auch im Schlaf. Übrigens: Träume sind Schäume, das weißt du doch." „Na, hoffentlich hast du recht. Sag mal, habe ich das auch nur geträumt, dass es etwas Leckeres zum Abendbrot geben soll, oder war das Wirklichkeit?" „Das stimmt, und ich werde mit dir hier oben zusammen speisen, wenn es recht ist?" „Es ist, es ist, darüber würde ich mich sehr freuen." „Wollen wir vorher noch ein wenig Katzenwäsche machen und das Bett beziehen? Dann wird es dir noch besser munden, was hältst du davon?" „Liebend gern, ich bin total durchgeschwitzt und ein wenig Wasser und Seife würden mir bestimmt gut tun." Nachdem wir beide den Pflichtteil hinter uns gebracht hatten, holte Charly das Abendessen und wir machten es uns gemütlich. Zu meinem Erstaunen stellte ich fest, dass ich mit großem Appetit aß und es sehr gut schmeckte. Allmählich kehrten meine körperlichen Kräfte zurück, aber meine Seele hatte noch eine tiefe Wunde, die nur oberflächlich geschlossen war. Einen Nachschub an Tränen gab es auch und ich musste ständig aus heiterem Himmel weinen, selbst wenn wir über ganz banale Dinge des Alltags sprachen. Später am Abend schaute der Doktor noch einmal nach mir, um mich zu untersuchen. Er war mit dem Ergebnis der körperlichen Genesung zufrieden und meinte, alle anderen Wunden würden ebenfalls mit der Zeit verheilen. Er verließ mich mit den Worten: „Sie sind eine gesunde junge Frau und Sie werden noch viele gesunde Kinder zur Welt bringen können. Morgen dürfen Sie aufstehen und langsam wieder am Leben teilnehmen, nur nicht schwer tragen, bis ich es Ihnen erlaube." Ich hätte ihm am liebsten etwas an den Kopf geworfen, ich wollte nicht viele andere Kinder, ich wollte dieses Kind, warum nur durfte ich es nicht behalten?

Charly nahm meine Hand: „Irgendwas muss er doch sagen. Und er hat sicherlich recht mit den anderen Kindern, keinesfalls als Ersatz, so meine ich es nicht. Dieses Kind wird immer zu deinem Leben dazugehören und selbst wenn du noch 10 bekommen solltest, du wirst es nicht vergessen."

Später am Abend kam Tante Hedwig zu uns und zog sich einen Stuhl an mein Bett. „Der Doktor hat mir erzählt, du bist fast wiederhergestellt und darfst morgen ein wenig aufstehen, das ist schön. Ich möchte aber, dass du in den nächsten Tagen noch bei mir bleibst, denn ich will nicht, dass du dich über Personen aufregst. Das wäre jetzt nicht gut für dich." Ich nickte gerührt und sagte: „Ich bin euch allen sehr, sehr dankbar. Ihr seid immer für mich da, es ist ein wundervolles Gefühl, Menschen wie euch an der Seite zu haben, die einem alles etwas leichter machen. Wenn ich mir vorstelle, dass es ja eigentlich die Aufgabe meiner Familie gewesen wäre, könnte ich mich auf der Stelle übergeben. Wenn mein Vater nicht wäre, würden mich keine 10 Pferde wieder dorthin zurück bringen. Um ihn mache ich mir auch große Sorgen, wenn ich nicht mehr da bin." Geborgenheit und Zuwendung in einer anderen Familie zu finden, gab mir Kraft, aber stimmte mich auch traurig. Ich schwor mir, dass ich immer für meine Kinder da sein würde. Egal was auch passieren sollte, so würde ich mich als Mutter nicht verhalten.

Am nächsten Tag verließ ich mit Charlys Hilfe mein Zimmer, nachdem ich mich angezogen hatte. Wir gingen auf den Hof und setzten uns in die immer noch warme Spätsommersonne.

Nach wenigen Tagen wich die kränkliche Gesichtsfarbe, und als mein Vater wieder zu Besuch kam, freute er sich über mein Aussehen. „Gott im Himmel, hab Dank, langsam kehrt meine Edda wieder zurück." Diese Worte versetzten mir einen Stich mitten ins Herz, denn ich verstand den weiteren Sinn seiner Worte: Er freute sich auf meine Rückkehr. Auch er war dort in unserem Haus sehr allein, das hatte ich inzwischen begriffen.

Da Tante Hedwig ihn ebenfalls gehört hatte, sagte sie: „Es wird noch ein wenig dauern, vorerst möchte ich sie hier noch unter Beobachtung haben, denn sie braucht absolute Ruhe und keine Aufregungen." Die Schärfe dieser Ansage war nicht zu überhören und mein Vater blickte verlegen zu Boden. Wieder tat er mir unendlich leid und ich nahm seine Hand. Er sagte ganz leise, sodass nur ich ihn hören konnte: „Sie hat ja recht, hier hast du alles, was du brauchst und ich kann dich jederzeit besuchen. Du musst erst ganz wieder gesund werden, und vielleicht haben wir ja Glück und Georg kommt in der nächsten Zeit einmal vorbei." Ich musste lachen: „Klemens, Papa, Klemens." „Klemens, stimmt, klingt auch besser als Georg."

„Papa, hast du schon etwas von diesen Sperrzonen gehört, dass keiner rein und raus darf und auch keine Post befördert wird?" „Ja, hab ich, Edda, ich werde gleich morgen einmal zu unserem Gemeindebüro radeln und nach dem Rechten schauen. Vielleicht hat sich dort schon ein dicker Stapel Briefe für dich angesammelt, den keiner tragen kann."

Am nächsten Tag wartete ich voll Ungeduld auf meinen Vater. Mittags kam er auf den Hof, aber von einem großen Stapel Briefe war nichts zu sehen. „Tut mir leid, es geht rein gar nichts, die Amerikaner horten alles, es ist alles blockiert." Ich war zwar traurig über die Nachricht, aber so hatte ich wiederum die Hoffnung, dass da draußen wirklich Briefe auf mich warteten. Vater hatte uns leckeres Apfelgelee mitgebracht und ein frisch gebackenes Weißbrot mit lieben Grüßen. Um meinen Vater nicht zu verletzten, ersparte ich mir Bemerkungen dazu.

Die Tage vergingen einer wie der andere mit Hoffen und Bangen, auch für Charly, denn sie erhielt ebenfalls keine Nachricht und so machten wir uns immer wieder gegenseitig Mut. Tante Hedwig unterstützte uns dabei. Ihr tat es ebenfalls gut, dass wir bei ihr waren, und sie genoss es ganz offensichtlich, was sie uns auch immer wieder sagte. „Schön, dass ihr bei mir seid, daran könnte ich mich gewöhnen. Jetzt im Alter und in der Ruhe habe ich Zeit, darüber nachzudenken, wie schön es ist, Kinder zu haben. Man ist einfach nicht allein. Sicherlich wird man nicht ständig zusammen sein oder gar zusammen wohnen, aber es ist jemand für dich da. Es ist schon ganz anders, wenn man weiß, oben in einem Zimmer ist ein Mensch und ich kann da jetzt hingehen und mit ihm reden. Auch ihr zwei Mädels habt mir in dieser Zeit sehr viel gegeben, das kann ich euch sagen. Edda, bitte versteh mich nicht falsch. Was ich dir sagen möchte, ist Folgendes: Wenn du möchtest, kannst du bei mir wohnen bleiben, denn ich weiß, das du nicht gerne wieder heim willst." Ich muss sie völlig verdattert angesehen haben und so fügte sie noch hinzu: „Dein Vater hat mit mir gesprochen. Er macht sich sehr große Sorgen um dich und hat mir von dem Verhältnis zu deiner Mutter und deiner Schwester berichtet. Er meint, es sei besser so, wenn du damit einverstanden bist." Ich konnte überhaupt keine klaren Gedanken mehr fassen, da dies eine wirklich gute Lösung zu sein schien und sie auch noch von meinem Vater kam. Wie sehr musste er mich lieben. Da ich überhaupt nicht in der Lage war, etwas zu sagen, meinte Tante Hedwig: „Schlaf mal eine Nacht darüber und dann unterhalten wir uns morgen, wenn du möchtest." Dann wünschte sie mir eine gute Nacht und verließ das Zimmer. „Mensch", sagte Charly, „das wäre es doch, dann brauchst du dich nicht wieder zu ärgern und du wartest hier auf deinen Klemens." Vielleicht hatten sie recht und ich sollte dieses Angebot annehmen, einen Teil meiner Sorgen wäre ich los. Vielleicht würde sich ja nun doch einiges wieder normalisieren. Als mein Vater das nächste Mal kam, saß ich in meinem Zimmer und schaute in den Garten, es war ein trüber Tag und der Herbst kündigte sich an. Charly war inzwischen wieder bei ihrer Familie und das ganze Obst und Gemüse war verarbeitet. Ich hatte an dem Beruf von Tante Hedwig Gefallen gefunden und dachte über ein weiteres Angebot ihrerseits nach, mich nach und nach von ihr und von Doktor Lenz anlernen zu lassen. Vater und ich begrüßten uns herzlich und hielten uns länger in den Armen als sonst. „Edda, ich bin froh, dass du so weit wiederhergestellt bist. Könntest du dir vorstellen, mal wieder zu uns zu kommen, einfach nur so, ohne Hintergedanken?" „Vater, ich weiß nicht", dieser Gedanke allein versetzte mich schon in Panik, „dir zuliebe würde ich es tun, aber nichts weiter. Ich habe Angst davor, wie sie mich behandeln, ich will das alles nicht mehr. Ich hatte sehr viel Zeit, über alles nachzudenken und ich bin zu dem Schluss gekommen, dass es keinen Sinn hat, wieder da zu beginnen, wo wir aufgehört haben. Es würde sich nichts, aber auch gar nichts ändern, verstehst du das? Mutter und Caro haben immer schon gegen mich agiert, nur du hast zu mir gehalten. Warum, werde ich sicher nie verstehen. Ich habe in der Zeit, in der ich dort gelebt habe, vieles verdrängt und einfach nur gehofft, es würde irgendwann besser werden. Viele Dinge einfach so hinge-nommen, weil sie normal erschienen, aber es war nicht normal. Heute bin erwachsen, der Krieg hat die Dinge beschleunigt und uns die sorglose Zeit unserer Jugend genommen. Ich will jetzt mein Leben selbst in die Hand nehmen und nicht auf Gnade und Ungnade von Mutter und Schwester angewiesen sein. Du, Vater, hast immer versucht, ihre Feindseligkeiten auszugleichen und wiedergutzumachen, du hast oft mit mir gelitten. Heute weiß ich, du hast auch als Ehemann gelitten, denn Mutter hat nicht nur mich, sondern auch dich schlecht behandelt. Ich kann das alles nicht mehr ertragen, es tut mir so weh. Warum machen Menschen andere Menschen unglücklich, Vater, weißt du es? Warum sind es immer die guten Menschen, die gequält und ausgenutzt werden? Sie werden benutzt, sie werden verletzt und man lässt sie allein."

„Edda, deine Mutter war nicht immer so. Als wir geheiratet haben, war sie eine liebevolle Ehefrau und wir haben eine paar schöne Jahre miteinander verbracht." Ich wollte ihm so gerne glauben, aber die Vorstellung fiel mir sehr schwer. „Ich muss dir sagen, dass deine Mutter als junges Mädchen unglücklich verliebt war und ich war wahrscheinlich nur ein Ersatz für sie. Deine Mutter wurde schwanger und bekam Caro. Ich habe sie wie mein eigenes Kind großgezogen. Für mich war es immer eine ganz normale Familie und ich habe alle gleich lieb gehabt. Deine Mutter war offensichtlich nicht in der Lage, einen Strich unter ihr früheres Leben zu ziehen. Stattdessen trauerte sie einer Utopie hinterher. Nach außen war sie abgesichert, aber ihr Herz ist irgendwo anders geblieben. Als ich das begriffen hatte, und das hat einige Jahre gedauert, haben wir uns irgendwie arrangiert, und das ist es, mein Kind, was du gespürt hast." Ich hatte einen ganz trockenen Mund bekommen und konnte kaum sprechen: „Weiß Caro es?" „Ja, deine Mutter konnte es kaum erwarten, es ihr zu erzählen." „Da erstaunt es mich umso mehr, dass sie es mir noch nicht mit irgendwelchen Gemeinheiten ins Gesicht geschleudert hat." Vater antwortete darauf nichts. Ich verstand jetzt zwar, dass wir nicht den gleichen Vater hatten, aber unsere Mutter war doch ein und dieselbe. Diesen Gedanken wollte ich jetzt und auch künftig nicht weiter vertiefen, denn unsere gemeinsame Zeit war vorüber und nachholen konnte man so gut wie nichts, schon gar nicht unbeschwerte Kindertage.

„Vater, ich bin dir für alles, was du für mich getan hast, unendlich dankbar, und das, was wir beide für einander empfinden, wird sich nie ändern." „Ich hoffe, mein Kind, dass alle deine Wünsche in Erfüllung gehen und du für viele Entbehrungen entschädigt wirst. Du bist ein liebenswertes und aufrichtiges Geschöpf, und das wird auch dein Georg zu schätzen wissen."

Wieder musste ich lachen: „Klemens, Papa." „Wieso sage ich immer Georg? Ich versteh das nicht, hattest du mal einen Georg, früher vielleicht?" „Nein, tut mir leid, aber macht nichts, du wirst dich noch daran gewöhnen, da bin ich mir sicher."

„Nun, also dein Klemens wird dich gut behandeln, ansonsten bekommt er Ärger mit mir, das kannst du ihm sagen."

„Ich glaube, Vater, ihr werdet euch gut verstehen, denn ihr habt beide einen aufrichtigen Charakter und seid in der Lage, Liebe zu geben, die man spüren kann. Ich vertraue Klemens, Papa, er ist dir sehr ähnlich, bei ihm fühle ich mich ebenso geborgen wie bei dir." „Das hast du sehr schön gesagt, mein Kind, und weißt du was? Das überzeugt und beruhigt mich. Wir wollen nach vorne schauen und auf eine gute Zukunft vertrauen, vielleicht wirst du irgendwann in der Lage sein, keinen Hass mehr auf deine Mutter und deine Schwester zu haben und dich auch mit ihnen zu arrangieren, was denkst du?" „Ja, Vater, ich kann es mir vorstellen, denn ich werde meine eigene Familie und dann auch genug Abstand haben. Was nicht bedeutet, dass mich mein Elternhaus nicht mehr interessiert, Vater, aber lieb haben kann ich nur dich, das weißt du." Wir fühlten uns beide sehr erleichtert, denn jetzt war alles geklärt zwischen uns. Ich würde nicht nur diese Gespräche vermissen, mein Vater würde mir unendlich fehlen, er hatte stets alles Böse von mir ferngehalten, wir waren Verbündete. Es tat mir sehr leid, denn ich würde ihn jetzt den beiden Frauen überlassen. Jetzt war er ihnen allein ausgeliefert. Aber darauf konnte und wollte ich keine Rücksicht nehmen, ich wollte von allen diesen Dingen nichts mehr sehen und hören, da ich ja nun schon seit geraumer Zeit fort war und mir vieles gerade in dieser Zeit erst richtig zu Bewusstsein gekommen war. Wie so oft im Leben merkt man erst hinterher, wie schlimm etwas war. Solange man mitten im Dilemma steckt und kämpfen muss, hat man kaum Zeit, darüber nachzudenken.

Wir verabschiedeten uns mit einer innigen Umarmung und ich versprach meinem Vater, in den nächsten Tagen zu kommen, um mit meiner Mutter zu reden, das wollte ich nicht einfach ihm überlassen. Als Vater gegangen war, blieb ich noch eine Weile in meinem Zimmer und schaute so lange aus dem Fenster, bis ich ihn nicht mehr sehen konnte. Vorsichtig klopfte jemand an meine Tür, es war Tante Hedwig. Sie kam langsam auf mich zu, während ich mich zu ihr herumdrehte. Sie nahm mich wortlos in ihre Arme und ich begann hemmungslos zu weinen. Sie streichelte meinen Kopf und sagte kein Wort. Als meine Tränen versiegt waren, blickte ich ihr ins Gesicht: „Ich habe das Gefühl, dass mein bisheriges Leben nur aus Abschiednehmen besteht", sagte ich, „ich will, dass das endlich aufhört, ich will ankommen, verstehst du mich?", fragte ich sie in einem viel zu wütenden Ton. „Ja, meine Liebe, ich verstehe dich nur allzu gut, aber diese Abschiede gehören zu unserem Leben. Es bedeutet, dass wir uns immer wieder neu finden müssen, wenn es auch meistens schmerzvoll ist. Im Leben geht nie etwas nach Plan, nur die Kinder meinen es immer, weil sie gut behütet aufwachsen und die Eltern das Meiste von ihnen fernhalten, aber alle Erwachsenen machen diese Erfahrungen … mehr oder weniger", fügte sie noch leise hinzu. „Zurzeit habe ich aber das Gefühl, dass es bei mir mehr ist als bei anderen", wetterte ich weiter. „Jeder meint, dass er das größte Päckchen zu tragen hat", erwiderte Tante Hedwig, „in einigen Jahren lachst du darüber, denk an meine Worte, versprochen?" „Ja", knurrte ich. „Dann lass uns jetzt hinuntergehen und einen Schnaps auf unsere Zukunft trinken, denn sonst kann es auch nichts werden." Wir setzten uns an den Küchentisch und tranken nicht nur einen Schnaps, es waren einige. Ich fing wieder an zu nörgeln: „Ich will jetzt, dass Klemens endlich wieder heimkommt, dieses Warten und die Ungewissheit machen mich ganz krank." „Auch das wirst du schaffen, Edda, du bist stark, du musst dich dem Schicksal beugen. Konzentrier dich jetzt auf das, was du vorhast als angehende Hebamme, dann haben dunkle Gedanken keinen Platz, und du wirst sehen, alles andere geht seinen Weg, glaub es mir." „Das will ich alles gerne tun, aber ich will endlich wissen,

ob er überhaupt noch am Leben ist und ob es ihm gut geht."
„So wie du mir deinen zukünftigen Ehemann beschrieben hast, brauchst du dir keine Gedanken machen, der wird es schaffen. Seine Liebe zu dir wird ihm ebenfalls Kraft geben, denn auch er wird sich um dich sorgen, genau wie du es tust. So, und nun zu unserer Arbeit.

Ab Morgen wirst du mich bei allen Hausbesuchen begleiten. Egal wie spät es ist uns wohin wir radeln müssen, du kommst mit." Am Wochenende wird dir unser Doktor ein paar Privatstunden geben, was die Anatomie des weiblichen Körpers betrifft, bei dem habe ich noch etwas gut. Jetzt lass uns noch etwas essen, sonst wird uns noch übel", sprach sie und schmierte uns ein paar Butterbrote. Ich war todmüde, und als wir uns für die Nacht verabschiedeten, polterte jemand gegen unsere Küchentür. Es war der große Sohn von Bauer Heidmüller, der aufgeregt erklärte, seine Mutter habe Wehen und wir sollten uns beeilen, denn es ginge ihr nicht gut. „Was hat dein Vater nur angestellt, als er auf Heimaturlaub war, Hermann?", fragte sie scherzhaft. Aber Hermann schien sie nicht verstanden zu haben, schwang sich auf sein Rad und weg war er. „Bei ihren Kühen und Schweinen ist alles selbstverständlich, aber bei den Menschen scheint er noch nicht zu wissen, wie es geht. Nun denn, auch er wird es noch lernen, Edda, meinst du nicht auch?", fragte sie und stieg auf ihr Rad. Mir war etwas duselig, aber Hedwig schien der Schnaps nichts anzuhaben, auch daran würde ich mich gewöhnen müssen. Wir erreichten den Hof in weniger als fünf Minuten und hörten beim Betreten des Hauses lautes Geschrei aus einem der oberen Schlafräume. Die kleinen Geschwister hockten verängstigt um den Küchentisch herum. Hedwig nahm sich noch die Zeit für ein paar aufmunternde Worte und stampfte dann mit ihrem Koffer die Treppe hinauf. Die Haushaltshilfe hatte schon heißes Wasser bereitet und saubere Handtücher auf den Tisch gelegt. „Hallo, Lena", hörte ich

Hedwig sagen, „ich bin bei dir, es wird alles gut." „Oh, Hedwig, ich schwöre dir, dieses wird das letzte sein, ich habe jetzt endgültig die Nase voll." „Das solltest du nicht mir sagen, sondern deinem Leon", aber nach Scherzen war ihr wohl nicht mehr, denn es überrollte sie schon wieder die nächste Wehe. Mit dem Urschrei seiner Mutter kam Heidmüller Nr. 5 auf die Welt. Der kleine Junge hatte ein bläuliches Gesicht und ebenfalls die Nabelschnur um den Hals. Hedwig handelte blitzschnell, befreite ihn, schüttelte ihn und gab ihm gleichzeitig einen kräftigen Klaps auf den Popo. Mir erschien die Zeit unendlich lang, aber erst ganz zaghaft und dann immer lauter werdend kam ein fast ärgerlicher Laut aus diesem kleinen Körper, als wolle er sich über diese unsanfte Begrüßung beschweren. „Na, du kleiner Kerl, was machst du für Sachen? Spar dir die Streiche für später auf." Hedwig säuberte ihn, wickelte ihn in ein weiches Tuch und legte ihn zur Begrüßung an die Brust seiner Mutter. Kräftig wie sie war, richtete sie sich schon wieder auf und schaute sich ihren Sohn erst einmal an. „Es ist doch immer wieder ein Wunder, was bei einem solchen Vergnügen entsteht." Ich spürte einen Stich in meinem Herzen und wollte das Zimmer verlassen, aber in diesem Augenblick schaute mich Hedwig an. Ihr Blick befahl mir, zu bleiben, denn ich würde gerade in diesem Beruf immer und immer wieder an mein eigenes Kind erinnert werden, damit musste ich einfach leben. Davonlaufen bedeutet auch, sich nicht mit seinen Problemen auseinanderzusetzen, sondern sie vor sich her zu schieben.

Hedwig erklärte mir , dass wir darauf zu achten hätten, dass sich die Nachgeburt vollständig aus dem Körper lösen müsse, da es sonst zu Infektionen kommen könne. Dies geschah dann auch automatisch mit einer kräftigen Nachwehe und Hedwig hielt etwas Blutiges unter die Lampe, um es mit ihren Argusaugen auf Vollständigkeit zu überprüfen. Ein zufriedenes Nicken in meine Richtung bedeutete gleichzeitig eine Aufforderung, mir dieses ekelige Gebilde anzuschauen. „Arbeiten Sie Ihre Nachfolgerin jetzt ein, Schwester Hedwig?", fragte Lena. „Nein", sagte sie, „aber wir wollen noch einige Zeit gemeinsam verbringen, denn meine eigentliche Nachfolgerin muss ihren Mann versorgen, der krank aus dem Krieg zurückgekehrt ist. Er ist zwar nicht körperlich verletzt, aber seine Seele hat Schaden genommen und das ist weitaus schlimmer, denn man kann in keinen Menschen hineinschauen. Da meine Nichte", sie stellte mich jetzt immer als ihre Nichte vor, „großes Interesse an diesem Beruf hat und ich festgestellt habe, dass ich eigentlich noch nicht aufhören möchte, erscheint diese Lösung für alle sehr praktisch." „Nun", meinte Lena, „ich werde aber nicht mehr zu Ihren Patienten gehören, jetzt sind mal jüngere dran." „Tja, Lena, wir werden sehen, wir werden sehen", schmunzelte Hedwig. „Übrigens, wie soll er denn heißen, der neue Mann in deinem Leben, hast du dir schon einen Namen ausgedacht?" „Ich wollte ja immer Adol..." „Nee, nee", meinte Hedwig, „das lass mal schön bleiben, mach das Kind nicht unglücklich, den einen sind wir ja Gott sei Dank los, und es soll uns auch keiner mehr an ihn erinnern." „Albert! Wie findet ihr Albert? Wir hatten einen Franzosen mit diesem Namen, allerdings wird er dort ‚Albeer' ausgesprochen, klingt sehr elegant, finde ich." „Nun bleib mal auf dem Teppich. Findest du keinen richtigen Namen? Wir sind nicht in Frankreich und im Übrigen klingt ‚Albeeeer'", sie zog das e besonders lang, „nicht gerade männlich." „Andreas", sagte ich, „wie findet ihr den?" Frau Heidmüller schaute mich an und fragte: „Ist es dein erstes Kind, dem du auf die Welt geholfen hast?" Ich nickte. „Dann soll er Andreas heißen, mein Kind." Nachdem wir alles gesäubert und das Bettzeug gewechselt hatten, lagen Mutter und Kind zufrieden nebeneinander. Da Frau Heidmüller eine Haushaltshilfe hatte, konnten wir gehen und Hedwig versprach ihr, dass wir morgen wieder nach den beiden schauen würden. Instruktionen bei Kind Nr. 5 zum Baden, Stillen oder Wickeln waren hier überflüssig.

Als wir draußen standen und ich die frische Luft in meinen Körper einsog, fühlte ich mich unendlich leicht. Ich hatte ein unbeschreibliches Gefühl in mir, eine Mischung aus Lebensfreude, Hoffnung und Zuversicht. Ich war auf einmal entschlossen, alles daran zu setzten, das soeben bei einer anderen Frau Erlebte selbst auch irgendwann zu genießen. Es war schon sehr dunkel, als wir schweigend nebeneinanderher radelten, und so hing jeder seinen Gedanken nach. Als wir Hedwigs Haus erreichten, stellten wir die Räder auf den Hof, wünschten uns eine gute Nacht und gingen in unsere Betten.

Am nächsten Morgen schien die Sonne wieder mit einer solchen Kraft, als ob sie ebenfalls damit zum Ausdruck bringen wollte, wie schön es doch auf der Welt ist ohne Krieg. Nach dem Frühstück gingen wir in den Garten und begutachteten die Apfelbäume. Hedwig pflückte ein paar und steckte sie in den Hebammenflitzkoffer, wie sie die alte Ledertasche nannte und die alles beinhaltete, was sie brauchte. „Wir werden gleich einmal nach unserem Neuankömmling schauen", meinte sie, „und danach fahren wir zum Nachbarhof, dort hat sich ebenfalls Nachwuchs angemeldet. Gott sei Dank gibt es noch ein paar fruchtbare Männer, die heil aus dem Krieg zurück sind." In dem Moment schaute sie mich an und ich spürte wieder dieses merkwürdige Gefühl in meinem Magen, denn solche Bemerkungen bezog ich immer gleich auf mich. „Mein liebes Kind", begann sie, „ich kann mir nicht jedes Mal, wenn ich etwas sagen möchte, vorher überlegen, ob dein Schicksal bereits besiegelt ist. Schau nach vorn, denn das Schlimmste, nämlich den Krieg, haben wir heil überstanden, und dein Klemens hat das auch. Also reiß dich bitte zusammen und mach nicht so ein verängstigtes Gesicht. Die werdenden Mütter brauchen Kraft und Zuversicht, die sie von uns erwarten. Egal, wie es in dir aussieht, zeig es nicht, denn da können die gar nichts mit anfangen. Wenn du möchtest, können wir beide nach getaner Arbeit reden, aber man darf es dir nicht ansehen. Das klingt sehr hart, aber es ist so. Die Frauen wollen sich bei uns anlehnen, sich bei uns ausheulen und nicht andersherum. All das musste ich auch erst lernen." „Ich werde mich bemühen", gab ich kleinlaut zu verstehen, denn es ärgerte mich, dass sie mich so leicht durchschaute. „Mehr will ich gar nicht, meine Kleine", sagte sie und nahm mich in den Arm, „mehr will ich nicht." Aber irgendwie schien es nicht zu funktionieren und ich begann wieder einmal zu heulen, was das Zeug hielt. „In Ordnung", sagte sie, „setzen wir uns noch so lange auf die Bank, bis es vorüber ist. Die Hormone spielen auch bei dir noch verrückt, Edda. Wenn eine Frau ein Kind bekommt, ist es eine enorme Umstellung für den Körper und in den ersten Wochen nach der Geburt gibt es eine Art Berg- und Talfahrt der Gefühle. In deinem besonderen Fall kommt eben noch der Verlust deines Kindes sowie die Ungewissheit mit dem Vater dazu. Sei nicht ungeduldig, dein Körper und deine Seele brauchen sehr viel Zeit, um das Geschehene zu verarbeiten, dazu gehören auch die schlimmen Dinge, die der Krieg dir aufgezwungen hat. Versuch, ganz klein anzufangen und halte deine Augen offen. Für diese schönen roten Äpfel zum Beispiel, oder den strahlend blauen Himmel über uns. Siehst du den Schmetterling dort auf der Herbstaster? Ich weiß, das ist alles kein Ersatz für das, was zu vermisst, aber es zeigt dir, das Leben geht weiter. Ich kann mich daran erinnern, als ich meine kleine Tochter damals verlor. Ich habe damals gemeint, die Welt müsse stehen bleiben, alle Menschen müssten jetzt nur mich bedauern. Aber das funktioniert so nicht, mein Kind, die Menschen haben alle ihr eigenes Schicksal zu meistern und wir haben in unserem Beruf die Verpflichtung, den Frauen in ihren schweren Stunden beizustehen und ihnen ein Teil ihrer Ängste und Sorgen abzunehmen. Es wird uns nicht immer gelingen, das wirst du erleben, wenn du tatsächlich diesen Beruf mit Leib und Seele leben willst. Du wirst das, was du erlebt hast, mit anderen Frauen durchmachen, es werden Kinder geboren, die krank oder missgebildet sind oder ...", es entstand eine kleine Pause, „... es sterben auch Mütter bei oder nach der Geburt. Diese Dinge kommen selten vor, aber ich muss es dir sagen. Es gibt sogar Fälle, da lehnen Mütter ihre Kinder völlig ab, du willst sie ihnen frisch gebadet in den Arm legen und sie drehen sich weg und wollen nichts von ihnen wissen. Nicht, weil sie das Kind sowieso nicht haben wollten, aus welchen Gründen auch immer. Nein, sie haben sich neun Monate gefreut und dann fehlt irgendwie der kleine Funke, dafür sind dann allerdings die Hormone zuständig und es normalisiert sich alles wieder." „Ich glaube, ich muss noch viel lernen", war das Einzige, was mir einfiel. „Es wäre ja auch langweilig, wenn es nichts mehr zu lernen gäbe, selbst in meinem biblischen Alter. So, meine Liebe, die Pflicht ruft. Du wirst in den nächsten Wochen merken, ob der Beruf überhaupt richtig ist für dich, denn es war doch meine Idee und wir werden es gemeinsam herausfinden, ich werde dir dabei helfen."

So sollte es geschehen. Mit Hedwigs Unterstützung fand ich heraus, dass ich mich in diesem Beruf wohlfühlte und dass er mein Lebensinhalt wurde. Jedes Kind, dem ich auf die Welt half, gab mir wieder etwas von meinem Leben zurück. Mein Leben, war es mir auch abhanden gekommen, flackerte noch ein klein wenig wie eine Kerze, die keinen Sauerstoff mehr hatte. Aber jedes neugeborene Kind war wie ein kleiner Windhauch, der die Flamme stets ein bisschen mehr entfachte. Die Zeit heilt zwar keine Wunden, aber die Zeit lehrt uns, Schicksalsschläge und auch andere Lebensumstände anzunehmen und uns mit ihnen zu arrangieren. Die Menschen, die man geliebt hat, und sei es auch nur für einen Augenblick, bleiben in unseren Herzen. Denn dort sind wir mit ihnen verbunden, für immer.

Der Krieg war nun schon fast 5 Jahre vorbei und Charly hatte inzwischen ihren Eddi geheiratet. Wenn wir auch nicht mehr so nahe beieinander lebten, so besuchten und schrieben wir uns doch regelmäßig. Ich lebte in Hedwigs Haus, bewohnte die obere Etage und kümmerte mich um die alte Dame, obwohl sie körperlich und geistig noch sehr rege war. Es war eine angenehme Zweckgemeinschaft, von der wir beide profitierten. Ich empfand eine große Dankbarkeit, denn Hedwig hatte mir über eine sehr schwere Zeit hinweggeholfen.

# Dezember 1999

Ich hatte eine sehr schlechte Nacht verbracht, da ich es kaum noch abwarten konnte, Charly die unglaubliche Geschichte zu erzählen.

Wir beide wollten in diesem Jahr das Weihnachtsfest zusammen in Spanien verbringen. Joachim startete gleich am 1. Feiertag zu einem Golfturnier nach Neuseeland, und den Jahreswechsel würde er ebenfalls dort verbringen.

Charlys Flugzeug würde mittags in Gerona landen und ich überlegte ernsthaft, ob ich sie mit unserem Wagen oder mit dem Taxi abholen sollte. Meine Aufregung war so unerträglich geworden, weil ich mir alles sofort von der Seele reden musste. Ich beschloss, unseren Wagen zu nehmen, denn dann war ich gezwungen, mich auf das Fahren zu konzentrieren. Die Fahrt dauerte ca. 1 Stunde und ich fuhr zeitig los, damit ich in der Stadt noch einige Einkäufe tätigen konnte.

Dann begab ich mich zum Flughafen, direkt zur Anzeigentafel.

Ankunft 12.30 Uhr Hapag Lloyd Frankfurt / Main – Verspätung 60 Minuten.

Ja, dachte ich, genau das habe ich jetzt gebraucht, eine Stunde, die nicht vergeht, egal in welchen Abständen man auf die Uhr schaut. Aber irgendwann hatte auch dieser Spuk ein Ende und ich konnte meine geliebte Charly in die Arme nehmen.

„Hey, du erdrückst mich und meine alten Knochen ja." „Ich hab mich so auf dich gefreut, das kannst du dir gar nicht vorstellen, entschuldige." „Ist das eine wunderbar milde Luft", meinte Charly. Doch dann sah sie meinen Gesichtsausdruck.: „Edda, was ist mit dir, bist du krank, du siehst ganz grau aus?" „Charly, lass uns zum Auto gehen, ich muss hier raus." „Jetzt sag mir, was los ist, ist es was Ernstes?" „Was Ernstes ja, aber es ist keiner krank, du brauchst dir keine Sorgen zu machen." „Gott sei Dank", sagte sie und ihre Gesichtszüge entspannten sich wieder.

„Warte nur ab, was ich dir zu erzählen habe", sagte ich. „Aber ich kann nicht warten, bis wir in der Wohnung sind. Während ich Auto fahre, kann ich es auch nicht, auch nicht im Café, wo mir fremde Menschen zuhören." „Mein Gott, Edda, hast du jemanden ermordet?"

„Es hat nicht viel gefehlt, Charly, es hat nicht viel gefehlt … Ich konnte mir nie vorstellen, was es heißt, an einem Punkt anzukommen, wo man so etwas in Erwägung zieht."

Endlich saßen wir im Auto und ich öffnete das Schiebedach, denn selbst im Winter waren hier noch angenehme Temperaturen.

„Caro hat mir vor vier Wochen auf dem Sterbebett gebeichtet, dass sie all die Post von Klemens vernichtet hat." „Sie hat was getan, Edda? Das kann ich nicht glauben." „Doch, Charly. Es war auch kein Problem, denn ich habe ja nicht mehr zu Hause gewohnt. Da mein Vater kurz nach dem Krieg verstarb, haben Mutter und sie ein leichtes Spiel gehabt." „Das ist ungeheuerlich, was du da erzählst, aber ich verstehe dann Klemens nicht. Warum ist er nicht gekommen? Er hatte doch deine Adresse." „Charly, er war da." „Was erzählst du da, es wird ja immer abenteuerlicher." „Als ich den Zeitpunkt von Caro wissen wollte, meinte sie, es wäre wohl im zweiten Jahr nach Kriegsende gewesen." „Konnte sie sich daran erinnern, was sie ihm erzählt hat?" „In ihrer Charakterlosigkeit hat sie gesagt, Mutter sei es gewesen, die ihm erzählt hat, ich habe meine Jugendliebe geheiratet und inzwischen ein Kind. Er solle sich nicht wagen und diese junge Familie unglücklich machen." „Edda, ich bin fassungslos, mir fehlen einfach die Worte. Es tut mir unendlich leid für euch beide." „Charly, warum haben sie es getan? Warum? Sie hätten doch froh sein können, dass er so ehrlich und aufrichtig war und sein Wort gehalten hat." „Ich weiß es nicht, Edda, sie haben es dir nicht gegönnt."

„Mutter ist als junges Mädchen auf einen Mann hereingefallen und war Zeit ihres Lebens verbittert. Sie hat alle Menschen in unserer Familie unglücklich gemacht. Mein Vater, Charly, war ein lieber Mensch, der hat alles für sie getan, aber sie hat ihn verachtet. Sie hat ihren ganzen Hass auf Männer auf Caro übertragen und sie damit infiziert." „Meine liebe Edda, deine Schwester war ein eigenständiger Mensch, ich kann das alles gar nicht glauben."

„Charly, kannst du dir jetzt vorstellen, was ich an ihrem Sterbebett für Gedanken hatte?"

„Ja, meine Liebe, durchaus.

„Charly, warum, warum, warum … Er hätte sich doch davon überzeugen müssen, findest du nicht auch? Wenn man richtig liebt, setzt man doch alle Hebel in Bewegung, oder nicht?"

„Edda, du hast deinen Klemens als ehrlichen und aufrichtigen Menschen kennen und lieben gelernt, lass jetzt bitte nicht zu, dass deine Mutter und deine Schwester dir diese Erinnerung zerstören. Weil er so war, einfühlend und sensibel, hat er ihnen geglaubt, und er wollte niemandem wehtun, dir am allerwenigsten, nur so darfst du es sehen und nicht anders. Er hat aus Rücksicht verzichtet, das ist der Grund." „So habe ich es noch nicht gesehen, ich habe ihm insgeheim vorgeworfen, dass er einfach aufgegeben hat." „Nein, Edda, er hat die Mitteilung akzeptiert, und er w a r da. Was glaubst du wohl, wie er sich gefühlt hat, nachdem du ihm versprochen hast, auf ihn zu warten, hm? So leid es mir tut, Edda, aber es geht nicht nur um dich, es geht auch um Klemens."

Die Worte von Charly waren hart, aber ich begriff, dass sie recht hatte.

Es ging wirklich nicht nur um mich, das verstand ich in diesem Moment. „Charly, weißt du, was ich in diesem Moment empfinde?" „Na, spuck es schon aus!"

„Dankbarkeit dir gegenüber, aber auch Scham." „Du brauchst dich doch vor mir nicht zu schämen." „Nein, das tu ich auch nicht, nicht vor dir, aber vor Klemens."

Es entstand eine Pause, denn wir mussten beide erst einmal tief durchatmen.

„Wir fahren jetzt gemütlich heim und heute Abend machen wir einen Plan, ob nicht doch noch was zu retten ist", beschloss Charly.

Von der Mitteilung des DRK hatte ich ihr bis dahin noch nichts erzählt.

Wir erreichten unser Appartement in Rosas. „Die Koffer stelle ich erst einmal in das Gästezimmer", meinte Charly, „auspacken kann ich später. Setz du dich schon auf den Balkon, ich bin gleich bei dir." Ich holte eine gekühlte Flasche Weißwein und zwei Gläser und setzte mich auf meinen Lieblingsplatz mit Blick auf die wunderschöne Bucht. Gleich darauf erschien Charly und setzte sich so, dass auch sie ihren Blick auf das Wasser richten konnte.

„Ich muss noch einmal ganz scharf überlegen, Edda, hast du mir jetzt gerade eine unglaubliche Geschichte von deiner Schwester erzählt, oder bin ich im Flieger kurz eingenickt und habe geträumt?"

„Leider, meine Liebe, leider, hast du nicht geträumt, es ist alles so geschehen."

„Ich möchte, nein, ich will jetzt einfach wissen, ob er noch lebt", gestand ich. „Ja, und dann? Das wird dir doch nicht genügen.

Stell dir nur einmal vor, du bekommst die Nachricht, dass er irgendwo lebt mit Frau und Kindern, die ja jetzt auch schon erwachsen sein müssten. Würdest du Kontakt aufnehmen wollen?" „Ja, Charly, das würde ich, denn mir ist jetzt ganz klar, dass ich etwas in Ordnung bringen muss." „In unserem Alter kann man ja wohl kaum eine Familie oder eine Ehe zerstören." „Oh, sag das nicht, das habe ich schon des Öfteren gehört, dass sich im Alter noch Ehepaare trennen. Das ist aber nicht mein Bestreben, Charly, das weißt du auch, so gut müsstest du mich kennen." „Edda, du weißt aber nicht, wie Klemens reagieren würde, und überhaupt … bei Liebe würde ich für gar nichts meine Hand ins Feuer legen, da geschieht eigentlich sehr wenig über den Verstand." „Weise Worte, Charly, aber in erster Linie wäre es mir wichtig, etwas aufzuklären. Ich will nämlich nicht, dass Klemens sich von mir belogen oder verraten fühlt, wenn er denn noch lebt." „Du sagst in erster Linie. Und in zweiter Linie …?" „Ich werde niemandem wehtun, Charly, meine Schwester war so, ich nicht." „Hast du denn überhaupt einen Anhaltspunkt, wo du anfangen kannst zu suchen?" „Ich habe vom DRK die Information, dass Klemens nach Kriegsende aus der Marine entlassen wurde, leider ohne Angabe eines weiteren Aufenthaltsortes." „Hast du denn deine Schwester fragen können, ob sie sich daran erinnern konnte, von wo die Briefe kamen?" „Sie hat nur immer wieder von irgendeinem ‚-haven' gesprochen. Ich habe in meinem Autoatlas einmal an Nord- und Ostsee nachgesehen. Bremerhaven, Cuxhaven und Wilhelmshaven, wobei eigentlich nur Wilhelmshaven infrage kommt, denn dort ist heute noch ein großer Marinestützpunkt. Vielleicht noch Bremerhaven, aber auch im Krieg war es eher unbedeutend." „Du hast ja schon gut vorgearbeitet, meine Liebe. Wenn du dir ganz sicher bist, mit allen Konsequenzen, die dich erwarten können, dann mach es. Du wirst sonst für den Rest deines Lebens keine Ruhe finden können. Wir beide sind für die nächsten 6 bis 8 Monate hier zusammen und wir werden es gemeinsam durchstehen, das verspreche ich dir, Edda." „Das wollte ich von dir hören, Charly, ich habe nichts anderes erwartet. Schön, dass es dich gibt." Wir stießen auf unsere gemeinsame Entscheidung an und beschlossen, den Abend in Ruhe ausklingen zu lassen. Ich war inzwischen sehr viel ruhiger geworden und konnte in dieser Nacht nach langer Zeit wieder richtig schlafen.

Am nächsten Morgen beschlossen wir nach einem ausgiebigen Frühstück auf dem Balkon, die Einwohnermeldeämter sowohl in Bremerhaven als auch in Wilhelmshaven anzuschreiben.

Ich hatte mir in meinem Alter noch den Luxus eines Laptops gegönnt, den ich immer und überall dabei hatte. So konnten wir die Briefe ordentlich tippen und ausdrucken. Auf dem Weg zum Strand brachten wir die beiden Briefe direkt zur Post und warfen sie nicht irgendwo in einen beliebigen Kasten.

Innerlich baute sich ganz allmählich wieder eine Spannung bei mir auf, und zwar mit jedem weiteren Tag, an dem ich keine Antwort erhielt. Als ungefähr zwei Wochen vergangen waren und ich morgens Brötchen geholt hatte, sah ich den Briefträger vor dem Eingang unseres Appartementhauses, wie er Briefe in die Kästen beförderte. Als ich auf seiner Höhe stand, blickte er mich an: „Ah, Signora", und drückte mir einen Brief in die Hand. Wir kannten uns schon über viele Jahre. Mein Herzschlag beschleunigte sich in Kürze, sodass ich meinte, er müsse ihn ebenfalls hören können. Ich war benommen und musste mich für einen Augenblick am Türknauf festhalten. Ich war nicht in der Lage, den Schlüssel in das Schloss zu stecken und in meiner Aufregung drückte ich auf den Klingelknopf. Es dauerte eine Ewigkeit, bis die Gegensprechanlage betätigt wurde. „Ja bitte?", hörte ich Charlys Stimme. „Ich bin's, mach schnell auf." Es war nur ein Krächzen. „Hallo, wer ist denn da?" „Edda! Öffne sofort die Tür, sonst trete ich sie ein." Das erlösende Summen ertönte. Als ich oben ankam, rief sie: „Was heißt hier, die Tür eintreten? Hast du was getrunken, Edda, schon einen kleinen Schluck vor dem Frühstück???" „Mach keine Witze, Mensch, ich habe Post." „Beruhige dich erst einmal und setz dich, nicht das du noch umfällst. Wer weiß, was da drinsteht."

*Klemens Helmbrecht geb. 16.09.1923 – keine Daten vorhanden (1945 - heute)*
*Diese Information war vom Einwohnermeldeamt Bremerhaven.*

„Jetzt bleibt nur noch Wilhelmshaven, Charly, wenn er dort als Soldat von Bord gegangen ist."

„Vielleicht gibt es ja noch eine zentrale Meldestelle für alle Marinesoldaten im zweiten Weltkrieg, falls wir von Wilhelmshaven eine ähnliche Mitteilung bekommen." „Nun warte es erst einmal, vielleicht hast du Glück." Als ich am nächsten Morgen vom Bäcker kam, hielt neben mir ein Auto, der Briefträger sprang heraus und hielt mir einen Brief unter die Nase: „Signora, isch abe schon bieder eine Post." „Oh, Paolo, vielen Dank, ich warte schon sehr darauf." Ich holte tief Luft, um nicht zu hyperventilieren. Ich musste mich zusammenreißen, um den Brief nicht schon auf der Straße zu öffnen. Schnellen Schrittes ging ich zum Appartementhaus, dieses Mal in der Lage, die Tür eigenhändig zu öffnen. Ich zog die Treppen vor, der Fahrstuhl ging einfach zu langsam! Charly hatte das Ganze wohl schon vom Balkon aus gesehen, denn sie stand bereits in der Tür, als ich hechelnd oben ankam. „Na, aus Wilhelmshaven?" „Ja, aus Wilhelmshaven."

*... wir möchten Sie bitten, aus diesem Grund die Gebühren in Höhe von DM 5,- vorab zu entrichten.*

„Oh, das glaub ich doch nicht." „Demnach scheint dort aber etwas vorzuliegen", meinte Charly, „warum sollten sie sonst eine Gebühr verlangen?" „Du hast ja recht, aber …" „Nichts aber, du hast jetzt so lange gewartet, das wirst du nun auch noch überstehen."

Weitere 10 Tage wurden unsere Nerven auf das Äußerste strapaziert, bis Paolo uns den zweiten Brief aus Wilhelmshaven aushändigte.

Charly und ich setzten uns wieder auf den Balkon, ich hatte den Brief auf den Tisch gelegt und traute mich nicht, ihn zu öffnen. „Mach du es", sagte ich, „ich kann es nicht."

Ich hörte einen tiefen Luftzug, ein Ritsch und dann war es totenstill. Ich blickte Charly an, in der Hoffnung, ihrer Mimik etwas zu entnehmen. Als sie ihre linke Hand auf meinen Arm legte, war ich mit meiner Geduld am Ende. „Charly, nun rede endlich."

„Er ist tot, Edda, Klemens ist am 21. Februar 1993 verstorben, es tut mir sehr leid.

Seine Frau ebenfalls, am 07. Juni 1999."

Mir war plötzlich ganz kalt. Charly stand auf und umfasste mich von hinten. Sie hielt mich einfach nur fest. „Edda, damit musstest du rechnen, du wolltest es so, mit allen Konsequenzen." „Damit habe ich aber nicht gerechnet, Charly, damit nicht. Nun bin ich genau wieder da, wo ich angefangen habe. Nämlich bei Null, ich kann nichts mehr richtig stellen, es tut mir unendlich leid für ihn." Ich starrte auf unsere wunderschöne Bucht und suchte Trost, Trost, den mir keiner auf dieser Welt mehr geben konnte, für ein Vergehen, das meine Schwester und meine Mutter mir und Klemens angetan hatten.

„Diese ganze Geschichte ist so unglaublich. Wenn mir jemand anderes so etwas erzählen würde, ich würde denken, seine Fantasie sei mit ihm durchgegangen."

„Edda, sie haben eine Tochter."

„Es würde in einen Schundroman passen, findet du nicht auch? Was hast du da gerade gesagt? Sie haben eine Tochter?" „Ja, sie haben eine Tochter, sie heißt Susanne Gutmann-Helmbrecht." „Er hat also ein Kind, ein Kind mit einer anderen Frau", sagte ich mehr zu mir selbst. Charly hatte es aber wohl doch verstanden und meinte: „Edda, du klingst so verbittert. Sollte er denn in ein Kloster gehen?" „Nein, so habe ich es nicht gemeint, Charly, aber ich habe s e i n Kind verloren. Warum ist das Leben so kompliziert? Und nun komm mir nicht mit: ‚Wer weiß, wofür es gut ist? Das nun wirklich nicht!'" „Das Leben ist nur so kompliziert, wie es die Menschen machen, Edda." „Aber weißt du was, ich bin jetzt so weit gegangen, habe meinen ganzen Mut zusammengenommen, ich werde einen weiteren, einen letzten Schritt tun."

„In welche Richtung, Edda? Du willst doch nicht Kontakt zu seiner Tochter aufnehmen?" Es war schon mehr eine Suggestivfrage gleich zusammen mit der Antwort, die da lauten sollte: „Nein." „Charly, ich werde ihr meinen, vielmehr unseren, Lebensweg schildern, einfach nur mein Herz ausschütten, vielleicht weiß sie etwas, dass ich endlich meinen Seelenfrieden wiederfinde, das ist sehr, sehr wichtig für mich, verstehst du mich?" „Ich versuche es, Edda, ich gebe mir Mühe, aber es fällt mir schwer, das kannst du mir glauben." „Ich kann niemanden mehr verletzten und sie ist eine verheiratete Frau, wie uns der Name sagt. Ich werde ihr schreiben, dass, wenn sie keinen Kontakt möchte, ich sie nicht weiter belästigen werde, aber es ist eine allerletzte Chance für mich und die will ich nutzen." „Gut, Edda, dann nutz diese Möglichkeit, du hast es verdient und vielleicht bekommst du eine Antwort, mit der du leben kannst."

„Ich schicke ihr erst einmal einen Weihnachtsgruß, ganz unverbindlich." Danach werde ich mir genau überlegen, was ich schreiben möchte, damit es nicht zu viel wird." „Edda, was soll sie mit einem Weihnachtsgruß von jemandem, den sie nicht kennt?" „Ach, ich weiß auch nicht, vielleicht brauche ich das so, praktisch als Vorbereitungsphase, verstehst du?" „Nee, aber das muss ich auch ja nicht, Hauptsache, du verstehst es." „Du wirst es schon alles richtig machen."

# Frühjahr 2000

Susanne hatte den Brief bereits zum zweiten Mal gelesen und war tief bewegt von dem, was diese Frau zu Papier gebracht hatte. Unendliches Mitgefühl brachte sie zum Weinen. Ihrem Vater und dieser Frau war unendliches Leid angetan worden und beide hatten sehr wahrscheinlich vom anderen Schlimmes gedacht. Ihr Vater hatte sein Geheimnis mit ins Grab genommen, denn wenn er mit Mutter darüber gesprochen hätte, hätte auch sie es gewusst. Susanne und ihre Mutter hatten keine Geheimnisse voreinander gehabt. Sie hatte sofort das Gefühl, dass sie dieser Frau helfen musste, denn es war ein Hilfeschrei, das konnte sie zwischen den Zeilen lesen, sie wollte endlich dieses Kapitel ihres Lebens abschließen und ihren inneren Frieden wiederfinden. Für einen kurzen, ganz kurzen Augenblick wollte sich ein Gefühl von Verrat einschleichen, aber Verrat an welcher Person? Ihre Eltern lebten nicht mehr. Vielleicht konnte sie über Vaters Geschwister etwas in Erfahrung bringen, bevor sie antwortete. Die beiden jüngeren Brüder kamen nicht infrage, denn sie waren damals noch zu klein, aber seine ältere Schwester, die in der nähe von Bremen lebte, könnte etwas wissen.

Susanne suchte die Telefonnummer heraus und überlegte sich kurz, was sie sagen wollte. Sie beschloss, nicht lange um den heißen Brei herumzureden und kam gleich zur Sache. Tante Trudel war gleich am Apparat. Sie hatte diese kleine energische Person mit ihrem blitzgescheiten Verstand und ihrer jugendlichen Stimme vor Augen. „Ja, Susanne, das stimmt, dein Vater hat sich mir damals anvertraut, als er uns aus Falkenberg geholt hat. Der Krieg war ja schon beendet und es war eine abenteuerliche Reise, das kann ich dir sagen. Er war überglücklich, als wir im Westen ankamen. ‚Trudel, jetzt kann ich meine Edda heiraten', hat er stolz gesagt, ‚jetzt wird alles gut.' Wir blieben in der Nähe von

Bremen auf einem Bauernhof, als wir aus dem Übergangslager entlassen wurden, und dein Vater ging nach Wilhelmshaven, da dort sein Schiff außer Dienst gestellt wurde. Alle Soldaten mussten entnazifiziert werden. Die Zeit verging, aber es kam keine Edda. Im zweiten Jahr nach dem Krieg war es, wenn ich mich richtig erinnere. Da kam er eines Tages völlig niedergeschlagen zu uns nach Bremen. Ich war inzwischen verheiratet und hatte selbst eine Familie. Aber er kam immer regelmäßig unregelmäßig, wir hatten stets eine enge Verbindung, denn er verstand sich auch sehr gut mit deinem Onkel Eberhard. Er stand in der Tür, kreideweiß, als würde er jeden Moment umfallen. ‚Trudel, Edda hat geheiratet und ein Kind.‘ Ich weiß es noch wie heute, dass ich die Situation mit Humor retten wollte und sagte: ‚Andere Mütter haben auch schöne Töchter, Kopf hoch mein Junge‘, so in der Art. Er hat so grauenvoll geweint, das kannst du dir nicht vorstellen, wir konnten ihn überhaupt nicht wieder beruhigen. Eine ganz schlimme Geschichte und er hat viele Jahre gebraucht, um darüber hinwegzukommen. Denn bis er deine Mutter geheiratet hat, waren 8 Jahre vergangen.

Auf unsere Frage, wie er das alles erfahren habe, antwortete er nur: ‚Von der Schwester und der Mutter.‘ Sie hatten ihm verboten, Edda noch einmal aufzusuchen. Du kennst ja deinen Vater, das hätte er niemals gemacht, er hat es respektiert. Dass man ihm so übel mitgespielt hat, hat uns sehr wehgetan, denn er war so aufrichtig und anständig, das hatte er nicht verdient.“ Susanne weinte lautlos, musste sich aber jetzt schnäuzen, was Tante Trudel hörte. „Susanne, es ist ein dunkles Kapitel im Leben deines Vaters und ich glaube, außer mir und Onkel Eberhard weiß es niemand, nicht einmal unsere Mutter. Erzähl es Edda, damit sie Ruhe findet, obwohl es kein schönes Ende ist. Aber dann weiß sie wenigstens, dass er sie nicht belogen hat. Susanne, bist du noch dran?“ „Ja, Tante Trudel, das bin ich. Diese Geschichte persönlich zu hören ist fast noch schlimmer, als wenn man sie in einem Brief liest. Und es ist die Bestätigung, dass alles stimmt, was sie geschrieben hat." „Susanne, wenn ich dir einen Rat geben darf, ruf sie an und sprich mit ihr, das ist persönlicher."

„Ja, Tante Trudel, das werde ich, ich danke dir. Vielleicht können wir beide etwas dazu beitragen, dass diese Edda sich etwas besser fühlt, wenn es auch nicht das Ende ist, wie sie es sich erhofft hat." „Du wirst es schon richtig machen, mein Kind, ruf mich wieder an, wenn es etwas Neues gibt." „Das werde ich, Tante Trudel, darauf kannst du dich verlassen."

Die Telefonnummer stand in dem Brief, aber Susanne brauchte noch einen Tag, bis sie so weit war. Es war eine Nummer in Spanien.

„Das Telefon, Edda! Soll ich, oder gehst du?" „Ich lackiere gerade meine Fingernägel, geh du. Wenn es Joachim ist, lass dir bitte etwas einfallen, ich habe keine Lust, mit ihm zu reden."

„Edda, es ist für dich, ein Anruf aus Wilhelmshaven." Ich hatte das Gefühl, mein Herz bleibt stehen.

„Bode, Edda Bode …"

Das Gespräch verlief nicht wie zwischen zwei Menschen, die sich überhaupt nicht kennen und die sich noch nie im Leben gesehen haben. Es war vertraut, es war herzlich und unheimlich befreiend, denn mich hatte jemand erhört, mir geglaubt. Meine Zeit mit Klemens wieder aufleben lassen, denn es war alles wahr, was ich empfunden hatte, was uns beiden gehört hatte, bis zu unserer Trennung. Susanne bot mir an, sie jederzeit anzurufen, wenn mir danach wäre, wir waren irgendwie Verbündete und ich glaube, sie empfand es genauso. Dieses unbeschreibliche Gefühl, das sie mir vermittelte, tat mir gut, es war Trost für mich. Ich konnte ihren Respekt, den sie mir und letztendlich auch ihrem verstorbenen Vater zollte, förmlich spüren.

Diese vielen guten Eigenschaften, die ich an ihrem Vater so geliebt habe, werden durch Menschen wie sie weiter bestehen. Sie stellen schlechte Charaktere in den Hintergrund, auch wenn diese Leid und Unglück über die Menschen bringen. Ich wusste, dass ich den richtigen Weg gewählt hatte, für mich und für Klemens, und ich wusste auch, dass dieses nicht das letzte Gespräch war, das ich mit seiner Tochter geführt haben würde. Während ich den Hörer auflegte, wurde mir erst bewusst, dass ich mich mit meinem Mädchennamen gemeldet hatte.